因为这些事,我成了我。

挖光阴

苏先生 著

重庆出版集团 重庆出版社

图书在版编目（CIP）数据

挖光阴 / 苏先生著. -- 重庆：重庆出版社，2022.10
ISBN 978-7-229-17117-9

Ⅰ.①挖… Ⅱ.①苏… Ⅲ.①散文集－中国－当代 Ⅳ.①I267

中国版本图书馆CIP数据核字（2022）第167411号

挖光阴
WA GUANGYIN

苏先生 著

出　　品：	华章同人
出版监制：	徐宪江　秦　琥
责任编辑：	朱　姝　王晓芹
特约编辑：	陈　汐
特约策划：	天马行坤
责任印制：	杨　宁　白　珂
营销编辑：	史青苗　刘晓艳
封面设计：	L&C Studio

重庆出版集团
重庆出版社　出版
（重庆市南岸区南滨路162号1幢）
北京盛通印刷股份有限公司　印刷
重庆出版集团图书发行有限公司　发行
邮购电话：010-85869375

全国新华书店经销

开本：787mm×1092mm　1/32　印张：8.25　字数：134千
2022年10月第1版　2022年10月第1次印刷
定价：49.80元

如有印装质量问题，请致电023-61520678

版权所有，侵权必究

目录

一棵树顶住的房子   1

独居的三伯   2

姑姑月兔   11

爷爷的咳嗽   18

共享书屋   29

两个复读生   32

一个兵   35

杨存女   39

挖光阴   55

一水洗百净   83

这风尘仆仆的跪倒   107

摸奖   108

父亲的信   119

一个人静静地黑   135

一个村庄的身世   149

回家吧，回家了   158

走远   165

麦子，麦子   181

跑肚   182

献天爷   187

上粮   192

人间棉花糖 **205**

打春　　　　　　　　206

捏瓦呜　　　　　　　213

自行车上的梦　　　　218

新课本　　　　　　　225

偷"背"字　　　　　　230

扫毛衣　　　　　　　236

笼火　　　　　　　　239

送婚书　　　　　　　242

耍故事　　　　　　　247

后记 **250**
我要写出内心的恐惧和与之抗衡的力量之源

一棵树顶住的房子

有一间房子在暴雨中,在风雪中,在暗夜里,它独立在那里,连接起我整个童年里关于生死、关于家承、关于亲情的诸多记忆。那不再是一间房子了,而是我生命里的一个盒子,我对家庭、对生命的许许多多的感知都在那里。现在,我第一次打开它。

独居的三伯

能记住事儿以后,我全程参与的第一个葬礼是我三伯的,他上吊自杀那年我上小学一年级。因为我的老师前一年得了疯病,导致所有学生的课业都被耽误了,校长让读了两年一年级的学生们上了二年级,其余的留级,我就在留级的那一批人里,这样我就和弟弟同班了。我们那里没有幼儿园,第一个一年级当幼儿园上。

那天早上第一堂课才上了五分钟,老师突然从讲台上下来,走到了教室外面,一分钟后回来,把讲桌上的语文和数学作业本翻找了一遍之后抬头,喊我和弟弟的名字:"带上你们的书包,回家去。"

我愣了一下,照做,走到教室门口,看见母亲站在浓雾里。那天的雾出奇地大,连校园里的树都看不清楚,只有几排平房依稀能辨出。出了学校往家里走的路上,母亲跟在我们后面,发出颤抖的声音,说:"你们三爹上吊了。"

三爹就是三伯,我们那里管父亲的兄弟叫"爹",然后按照他们的年龄大小在前面加上序数。

听到死讯的我刚开始没什么反应,继续往前走,心里着急,脚步却没有力气。走了十来步,感觉胸口像被什么东西卡住一般,喘不上气,然后"哇"的一声就哭了出来。当时我还不理解"难过"这种情绪,如今想来那一刻的感觉就像喝醉难受一阵子后的呕吐。

上吊?好好一个人为何要上吊?!

那时的我对这个词虽然不陌生,却是第一次想象那个场景、步骤,试图去体味疼痛,继而产生了一连串的问题:绳子是什么时间开始准备的?死心是何时起的?什么时间把自己吊到房梁上的?为何选在那里上吊?

之后的很长一段时间里,我都在拼凑这些问题的答案,哪怕是几十年后的今日,我和家族里的人小心翼翼地谈起三伯时,总想多问几句,多了解了解三伯,有时候却也惧怕知晓和之前不一样的、达不成共识的信息,多了新的猜疑。

　　我对三伯的记忆一直是带着"世外桃源"色彩的，他不是住在一个院落里，而是住在空地上凭空建起的一间房子里。房子收拾得极为干净，在我纷杂的记忆里，那里总是熠熠生辉，和普通人家的屋子不一样，每件器具都油光发亮，一尘不染，排列整齐，整个房间里暖意融融的，炕热，炉子里的火旺，被褥洁净。两口大面柜上放着两只漆成正红色的箱子，面柜里面有各种宝贝，每次翻开前盖便能嗅到里面发出的木头浓香。面柜和我一般高，一口面柜里能藏四个我那么大的小孩，我得站在椅子上才能看到面柜里面的东西。有一次我太好奇，头伸得太靠里，一不小心就栽了进去。红箱子里放着他收来的军大衣、羊皮棉袄、兔毛手套之类的东西。几只绿色的陶瓷飞鸟摆件都亮闪闪的，窗户上的透明塑料纸每天擦一次。

　　洁癖，集物，独居，善于整理。那时候我不懂得这些，只觉得他那里好玩，现在才知道，他就是那个年代的生活美学家。他的煤油炉子是军绿色的，炭火炉子是红色的，灯是带罩子的，这些都和普通人家里的用具截然不同。

下雨天，我也从来没有看见他的雨鞋上有过泥点子。冬天我们的棉鞋上都是雪和泥，三伯的鞋子却像没落过地。那时候我就想，三伯要么就是发现了一条我们没见过的路，要么就是会轻功。

他去集市回来后，我总偷偷地去他屋子里，知道他肯定买了好吃的东西。只要我去的时间恰到好处，总能混到些吃的。得逞很多次后，我才发现三伯其实是特意留着好吃的给我。在我出生之前，我们的家族十多年没有小孩子了，我承载了大人们泛滥的溺爱心，得了不少好处。

三伯经常做一些稀奇饭菜，我闻见味道后也去蹭吃，吃完回家后母亲问我咋不吃饭，我说吃过了，她便让我端一些饭给三伯送去，我吃了三伯的东西，三伯得挨饿了。

三伯一生未娶妻，他小时候一只脚就停止了发育，连着一条腿也废了，走路成了跛子。腿脚不利索却有一米八的高个子，鞋子也按照正常人那么穿，冬天喜欢穿翻毛暖鞋。他若不走动，外人根本看不出他是个跛子。

他做了一辈子的事情就是放羊，放了三十多年羊，后来突然上吊死了。

我也曾听很多人说过，他是放羊时摔断腿的，这种说法多半是后来认识他的人产生的一种猜想,他的兄弟姐妹身体都很正常,所以大家都没往先天缺陷方面去想。这种猜想看上去似乎也合乎情理,若不是后来我和几个伯伯们聊到这件事,我也会认为他的腿是放羊时摔断的。在他坟地下面的埂子里有几眼能藏大型卡车那般大的窑洞,那是他放羊的羊圈,大家综合考量后特意选了那里作为他的坟地。很多次躲雨时,我站在窑洞里还会想到他和一群羊在里面的情景。

三伯一生没有朋友,我只见过在外地当警察的五叔每年回来时会住在他的房子里,此外再没有什么外人留宿过三伯家。三伯却是喜欢热闹的,每晚把他的十二寸黑白电视机搬出来放在房檐下的椅子上,从晚上七点放到十点,二十多户邻居都搬着凳子来这里看电视、聊闲篇,那片空地成了庄子里每晚最热闹的地方。在我的印象里,除了过年的几天庄里的戏场子有那种气氛外,余下的几百天里,三伯的屋檐下才是每晚欢声笑语最多的地方。

渐渐地,房子外的空地被填土垫出来一块地,地的中间种上了旱烟叶,两侧分别种了十棵梨树和六棵核桃树。在空地最里面有三棵已经长大了的樱桃树,樱桃树的旁边有一棵二十多米高的杏树,房子左侧凹进去的空地上有三十棵白杨树和一棵矮矮的榆钱树。

我找不出这块地总是那么美的原因,但它确实一年四季都有风景可以看。秋天里落下的叶子在那个年代总是被大家扫得干干净净,然后拿回去烧炕,只有在这里才能踩到如毡一般的落叶,我们常常在这里玩捉迷藏。

我也想象不到若没有这一块地方,我的童年会是什么样子。

几年后,梨树全部死了,那里蚂蚁太多,吃根儿。核桃树长得特别大,为了让它们多结果,三伯锯掉了多余的枝干,锯口特别平整。他不知道从哪里找来几个笔洗,在笔洗里种了好多蒜,笔洗上面印着几尾红鱼,长出蒜苗后每日被放在核桃树的锯口上晒太阳,绿得扎眼。那种好看是精致的、莽撞的、毫无意图的。我羡慕极了,也在各种盆里用清水培植蒜苗,最后不是发臭就是没发芽。

三伯话不多,但喜欢笑,笑起来有两个酒窝,甚是天真。在房子的右侧有一个两人高的土堆,土堆上被我掏了不少窝,有些窝里藏着梨,有些窝里藏着苹果,还有些窝里藏着火柴。有次三伯笑着对我说:"窝里的东西再不吃就烂了,土里面是藏不住熟东西的。"

三伯的房子最早是我父亲给他自己修的,那时候父亲快要结婚了，凑来凑去只能盖上一间房子，于是去庄里申请了一道院落，盖了一间房子，没钱盖院墙，就撂着没继续施工，房子盖好后不久三伯喜欢先搬进去住了。父亲说三伯那时候就经常不回家，住在窑洞里，性子越来越独，那窑洞太潮湿了，对他的身体不好。

父亲结婚后又去申请了另外一道院子，靠做木匠和毡匠的收入，在新院子里盖起了两间房。父亲排行老四，六叔结婚后，爷爷决定分家，把父亲分了出来。父亲打算添置一头牲口，就去给人擀毡，挣了五百块钱，结果一头驴当时需要五百六十块钱，他买不起，只好放弃添置牲口的打算，转而想添置家电，就去县城用四百四十块钱买了一台电视机，还是找在五金公司上班的老同学拿的指标，那时候电视机不是谁想买就能买到的。电视机搬回来后就放在三伯的房子里，给三伯解闷。

三伯去世的那天，我从学校被带回后，去了三伯的房子里，里面的东西已经全部被移到了种旱烟的那块地里，三伯的尸体被平放在铺满麦草的墙根里。

当天我的记忆是模糊的——我记得男人们都去爷爷家商量后事了，三伯的房子里只留下了母亲她们妯娌几人，突如其来的丧事让她们措手不及。大娘是最有经验的，说第一件事就是准备丧服,奶奶当时已经哭得浑身瘫软,爬不出院子了,在院门的门槛上坐着抹眼泪。爷爷的脸上看不到什么变化,他没参与丧葬的事宜,继续在驴圈里铲驴粪,接着挑粪去了地里。我不知道自己能干什么,就和母亲她们在三伯的房子里待着。她们找来白布,开始做丧服,头上戴的、身上穿的、鞋上缝的,工作量巨大,赶在下葬前,恐怕难以完成。大娘说:"娃儿们的姑姑月兔来了就好了,她利索着呐。"

我跑出去看看男人们商议事情的进展,碰到从地里回来的爷爷,他一个人进了三伯吊死的那间屋子——这间屋子是用来放石磨的,在爷爷家院子的外面。这间屋子没门,只有窗户,小孩子进去是需要爬的,外面高,进去后有台阶要往下走,这个构造让我产生了错误的记忆,一直以为这间屋子是在二层。爷爷进去后,我爬到窗口,看见他先在屋子中间看了看房顶,又看了看石磨,围着墙根走了一圈,摸了摸石磨,用扫把扫了扫石磨上的剩渣,又扫了扫挂在墙上的牲口用的套具,转头对我说:"你说,你三爹咋走了这条路?"我趴在窗口没说话,他叹气:"这石磨早应该拆掉了。"

三伯就是踩着石磨上吊的。

男人们商议的事情是：三伯死后，葬礼得有人做儿子戴孝，才能按照传统礼俗安葬他，但还是不能入祖坟。最后决定把我弟弟过继给三伯，给三伯戴"儿子孝"。弟弟那时候还很小，在学校上厕所都不会自己提裤子，校长每次看见就进去把他抱出来。他小时候胖乎乎的，因为脸蛋圆，大家给他取了个小名"赘娃"。

第二天，姑姑来了，姑姑出了名的手巧，很快就办妥了孝服，还有纸钱等东西。

三伯出殡是凌晨。那天从墓地回来，时间不过早上十点，太阳刚爬到对面的山头上，大家一一迈过一只火盆。

三伯就这么从我们的生活中消失了，那个院子里每晚半夜一堆人坐在一起看电视剧的场景也消失了。

那景象似乎是很远很远的事情了。

姑姑月兔

三伯的房门打那时候起便挂上了一把锁头,黑色的锁链、锁头,锁眼处露着金黄的锁芯,只有姑姑回娘家时这扇门才被打开,炕烧热,房子被重新打扫。房子里面只剩下一张桌子,桌子上摆放着三伯的灵位。

姑姑来时一般是节日,所以姑姑身上总带着一些好吃好喝好玩的。

姑姑是"仙女",在被贫穷限制的生活里,总能给我们"变幻"出很多意想不到的东西:用面捏出各种玩具,上面雕着花;用针线和废布料拼凑出的各类小动物,她还发挥想象,绣出各类神兽;她研发了很多美食,总能就地取材,把野菜做出不同的口味……

这些手艺怎么来的——被生活逼出来的。在所有叔叔伯伯们的回忆中，他们的童年只有一个字：饿。穷得都没裤子穿了，常常因为没有裤子穿出不了门。我不断地问过叔叔伯伯："你们六个男的都快饿死、冻死了，我姑姑小时候一个女孩子咋活下来的？"

没有人仔细回答过我这个问题，都抬起头眯着眼睛往前想，想来想去也说不上个一二三来，一般都是诸如此类的话：太饿了，每晚都挨不到天亮，谁也顾不上谁，饿得脑子一片空白。

他们都无法完成对那段残酷岁月的追忆，活下来就像逃出来一般。

姑姑怎么活下来的，我是找不到证据了，但在所有人的记忆中，姑姑一直是在野地里挖东西的。挖山挖水，挖春挖冬，挖尽野地里能挖的东西，一直挖到出嫁。

姑姑来了，甜蜜、快乐就来了，我们跟在姑姑后面，叫嚷着、嬉闹着，姑姑总是笑眯眯地逗我们。姑姑是难得的能去分析她的哥哥和弟弟们性子的人，她知道谁性子倔，谁认死理，谁能被说服，谁一根筋。也知道我这一辈的孩子谁贪玩，谁心眼多，谁藏着掖着，谁不是个好东西，还知道谁喜欢什么。我们被各自的父亲揍的时候，跑去找姑姑，准顶用，姑姑三四句话便能让我们免了一顿揍。她的礼物也总是能送到人的心坎上，我就喜欢猴子，她给我做过十多种造型的猴子，我都串起来挂在书包上。我有时候仔细琢磨，她出了嫁还总是惦记着娘家的这一群人，不惦记便不会把每个人寻思得那么细，她得多想念这群人啊。

姑姑生了三个女儿，为了生个儿子可遭了不少罪，到处躲，在深山里躲过，在地窖里躲过，在驴槽里躲过。住遍了姑父的亲戚家，看遍了白眼，后来住到娘家来，一直到终于生了个儿子，她才过上了踏实的日子。

姑父是大木匠，人长得俊，身材高大，力气也足，打木器的名声大、手艺好，我在春节走亲戚时，总能听到亲戚家里因置办了我姑父做的木器而自豪的语调。我研究过姑父手里出来的家具，细节就是好，常常出其不意，在意想不到的地方出彩，总能比别人精细一些、多一些花活，从这些家具上我能看到热爱的力量。姑姑家的日子渐渐就好起来了，前后两进的院子，各个方位都建满了房子，一个角落都没落下。也养了好多头大牲口，院子外面的麦场也宽阔，几棵枣树特别争气，每年产的枣能装几麻袋。牲口的圈还分夏圈和冬圈，我们都喜欢去姑姑家住，在她家吃得好，玩得好，姑姑变着花样给我们做菜，姑姑还养了两斗蜜蜂，土蜜蜂的蜜很甜。

姑父也是个讲究人，我在乡村只见过一次床帐，便是在姑父家。床帐是用几根打磨得发红的木头镶嵌起来的，木头居然和正房里的橡一样气派。

姑姑一直有个心愿：接爷爷和奶奶去她家里住几个月。就是想好好伺候伺候爷爷奶奶，让他们也享享福。但是爷爷不去，好说歹说，死活都不去，怎么也说不动，好几次差点说动了，最后却都没有成行，最后只把奶奶接去了。

那时候乡镇的路都没有铺沥青，路坑坑洼洼的，机动车能把奶奶颠散架。奶奶是小脚，走路不快，走多了就累，在家里方寸之间忙碌还行，外出却很不方便。姑姑便喊了我大哥拉架子车，叫上我们四五个小的帮忙推车，架子车上铺了好多层被褥，把奶奶拉到她家去。那天天气很好，春末夏初，风很柔，因为怕颠，我们走得慢，在路上消耗了一整天才到姑姑家。那天在路上时姑姑是开心的，一直笑得很满足，但似乎带着几丝苦涩。奶奶很少出庄子，也没去过姑姑家，更没见过这一路的风景，每经过一个庄子，她都要问问这庄子姓什么，然后一一和脑子里想象的对应起来。

姑姑的离世很突然,我一直没有厘清那几年里的一些散碎信息。我记得是在晚上写作业时听大人们聊天,说姑姑得了病,去兰州的医院瞧了,没什么大问题。过了些时日,姑姑的病复发了,开始看各类偏门的民间医生,又见好了。姑姑在这期间没有来过娘家,父亲去看过她几回,回来说看着感觉姑姑的状态还行,没什么大问题。

三伯三年的纸烧完了,灵位也撤掉了,房子空出来,锁撤掉,门大敞着,这间房子成了无用的闲置。姑姑的两个女儿出嫁后,第三个女儿刚定下结婚的日子,姑姑就没了。

姑姑具体得了什么病也没人说得清,每次聊起来大家都说法不一,病连着病,病上加病。我记得那是个天气很不好的日子,雾气很大,夹着一些雨丝,出门都得带着雨伞、穿着雨鞋,父亲他们弟兄几人去奔丧,晚些回来进门就脱衣服躺下了,母亲让我们别去打扰父亲,他心事重,让他歇息几天。

过了几日,父亲出门打工去了,我们又接到姑父去世的消息,而且是连夜下葬,在外面打工的父亲根本赶不回来。我去参加了姑父的葬礼,因姑父那个庄子的规矩——忌人，我们都没能到姑姑家里，而是沿着山梁子翻了几座山头直接到了坟地。那是个清晨，太阳刚要冒头，我站在最边上看着姑父下葬。雨刚停，地上全是泥，坟地里满是脚印，整片山梁子还没醒，只能偶尔听见几声驴叫，太阳一会儿漏一点光，一会儿又被乌云遮掉。姑父的棺材下到坟里后，我的右眼突然闪进一个人，静止的坟地里，姑姑的三女儿从跪着的地方跳起来，一下子扑进了坟坑里，在里面大喊："你们一个接一个就这么走了，让我们咋活下去！"紧接着，我看到姑父的堂弟把她从坟坑里捞出来，喊了几个人把她摁在地上，说："你不要这样，让你爹快些上路吧。"并嘱咐身边几个人："摁住她。"站在后面的我本来没哭，这一下子实在忍不住，泪水猛一下就出来了。我背过身去，看着眼前连绵起伏的山头，雾气笼罩的田野，一切都朦胧不清，咬住自己的拳头，怕自己哭出声来。因为姑姑和姑父去世的时间间隔太短，他们暂时还埋不到一起，三年后才能迁坟。

我是在三十五岁这年才从父亲那里确切地知道了姑姑的名字——月兔，因要给我的小侄女取名字。父亲打电话说我取的名字里的"月"字和我姑姑的名字犯冲了。

我问父亲,确定是"月兔"这两字?父亲说确定,就是这两个字。我说爷爷怎么给姑姑取了这样的名字,父亲说爷爷的事谁也说不清楚,他活得那么硬,说啥就是啥,谁也不能打听个一二三四的。

爷爷的咳嗽

爷爷是个脾气硬犟的人,从我记事起他就没说过一句软话,这和其他人口中的爷爷完全相反。据说爷爷在年轻时做事总是往后退,畏首畏尾。爷爷在旧社会是给地主做文书工作的,新中国成立后他先后做过庄子里的文书、生产队的会计等工作。大长脸,留一把白胡子,头上却没头发,现在家里的遗像上他就是这副模样,我记忆中他也是如此。

我对爷爷的印象最深的是他在一次家庭会议上说:"你们谁也不用管我,我死了,把我丢到沟河里,让狗吃了。"我不知道他们那次召开那个家庭会议是基于什么缘由。几日后他便带着奶奶搬到了三伯的那间房子里，丢下自己操劳半辈子置办的家业，携着老伴自立门户了。这像我认识的爷爷能干出来的事。

我记得那天中午放学时，我从庄小学回家后玩耍时看见三伯房子外面的院子里放着几张熟悉的桌椅，桌子上放着奶奶的针线筐，我以为他们又要做什么东西了，把头伸进房子里瞧，奶奶一个人坐在炕上，见我，问道："下学了？"奶奶管上学叫"去书房"，管放学叫"下学"。我回答"是的"，然后追问："在这里做啥，奶奶？"奶奶没有回我，低下头，整理起她的大衣襟，哭了起来。

我不懂安慰人，但知道家里肯定又发生了什么事，刚转身，就看见爷爷扛一把铁锹过来了，后面跟着他的弟弟——我意爷，意爷在后面说："你们两口子住这里，也不怕被庄子里的人看笑话？"

爷爷骂道："那也比受狗日的气强。"

大概是爷爷又被我六叔和六娘吵架给牵连了，前因后果至今我也没搞清楚，总之爷爷奶奶住进了三伯的房子。不久后，意爷主持全家会议，会议决定由我父亲把爷爷奶奶接到我们家里生活。

又一个中午放学，我回家吃午饭，爷爷奶奶已经搬到了我们家，是秋天，中午吃的是煮土豆、煮玉米。爷爷奶奶在炕上吃，我在餐桌上吃，家里添了不少热闹。之后很长一段时间里，大娘、婶婶们做了好吃的都会给爷爷奶奶端过来，每天饭桌上，总有别人家的菜，刚开始我好奇地问清楚每一样是谁家的，后来时间久了就懒得问了，只管吃。

爷爷奶奶到我家后，过年来串门的亲戚也就多了，他们自己的亲戚要来，我叔叔伯伯家的亲戚也要来看二老，庄里的人也需要来看望他们，我祥爷家和意爷家在外面工作的后人回来了也来看望他们（吉爷一家在二十年前就迁到陕西，从此和我们这一脉再无联系）。春节时，我爷爷这一脉的所有人都在我们家过年，端午、中秋这些团聚的节日，每家每户也都送吃的来，这些都是在有老人的家里才能看到的景致。

我家里的消息也变多了。每个人都来聊上几句，谈谈天说说地，聊聊这个庄子那个庄子，说说这个奇人那件怪事，时间一久，我知道的事儿也变多了，以致后来我很善于和老年人打交道，喜欢扎到老年人堆里去，喜欢像他们那样思考人生。

这之后，爷爷在三伯的房子里挂了一张大弓，从房梁上挂下来，那张弓就和房子一般大，我之前从未见过，也不知道是干什么的。我时常去三伯的房子里看，房子外面的地里很久不种东西，核桃树也被砍掉了，杨树那一片圈进了我家的后院，后院里养着猪和鸡，杨树也被砍得一棵不剩。

三伯房子前的这一片空地终于成了一个横平竖直的院子，就差一道院墙、一扇院门。

秋天时，我听见三伯的房子里传来"嘣嘣"声，那声音连续不断。我跑进去看，爷爷在里面站着，腰间缠了好几圈布条，弓的一角拴在他的背上。他左手握着弓弦，右手拿着一根长条木板，长条木板像学校老师用的长尺。上次看见弓是朝上挂着的，爷爷手中的弓是朝下的，像半弯月亮横在炕上。炕上摊满了羊毛，满屋子飘着羊毛细屑，如同雪花。我大吸一口，就被呛到咳嗽，爷爷喊："快到别处耍去！"我问这是在干啥呢，爷爷说："弹羊毛哪。"我问弹羊毛干什么用，爷爷说："做几张毡，给你说女人。"我哈哈大笑，爷爷说："笑个屁，你睡的那张毡已经小了，得做张大的了。"

每人一张毡是西北庄子里的传统，出生前父母会给准备一张单人的，结婚前扩展成一张炕那么大的，死的时候把毡垫进棺材里铺到最底下。毡铺在席子上面，防潮用，毡上面再铺上褥子，一张毡从厚变薄，从纯白变焦黄，人的一辈子也走完了。

我经常去三伯的房子里看他们弹羊毛。冬天的时候，他们在里面生了炉子，好多男人闲来无事都聚到这里聊天，这个来了那个走了，屋子里开始有了酒味、茶味，这群男人似乎给自己找了个休闲的地方。那羊毛一弹就是几个月，也做出了好几张毡。一般会先把羊毛贴在墙上定型，定好了剥下来挂外面风干，爷爷弹完父亲弹，父亲弹累了大伯弹，父亲说大伯的手艺是爷爷教的，他的手艺又是大伯传授的，他们之前去陕北走街串巷给人做毡，靠这个手艺养活家里人好几年。我看到好几页毡上出现了用红色毛线穿出来的各类花样，比纯白的毡要喜庆很多，有几张单人毡，爷爷说留着给我们长大了出去打工时用，有了这一张毡啊，走到哪里都能睡好，不怕潮，也不怕睡坏身体。

男人们做完了毡，也到春末了，女人们一个个抱着被子来了，开始弹棉花，把被子重新弹蓬松，再缝上，新被子一床一床挂在院子里晒太阳。

那时候，我和爷爷奶奶睡一个炕，我睡中间，脚底下是炕眼，奶奶睡在窗户这边，爷爷睡最里面。眼看着我逐年长大，我们家就在角落的房子里造了第三眼炕，炕刚建好后要每天生火往干里烘,没个十来天,炕是不能睡人的,这期间我小姨夫从外地打工回来,晚上到镇里,赶不回去他家,于是在我家借住一晚。他非要睡新炕,父亲先拿出一张竹席铺上,再从柜里抽出一张新做的黑羊毛毡铺上,小姨夫又从自己的行李里抽出一张单人毡铺了上去——我这才注意到,他们出去打工真的背着一张毡。

小姨夫赶车太累,躺上去就睡着了,我看着羡慕,因为没睡过新炕,也没睡过新毡。我悄悄进去躺在小姨夫旁边,睡到半夜,浑身是水,以为自己尿了拉开灯,翻身起来看见黑毡的每一丝羊毛上都挂满水珠,像早晨树叶子上的露水,小姨夫的脸上、膀子上满是水珠,如同刚洗完澡。父亲听见我醒了,过来说:"看,下苦[1]的人多苦。"我当时没明白苦在哪里,现在才明白父亲的意思。小姨夫早上起来说睡得太舒服了,我说:"那么湿还舒服。"他说:"外面睡得比这湿多了,两张毡已经不湿了,这炕再烧几天就干透了。"

没过多久,早上十点多,我被烟呛醒,往脚下一看,脚下的席子缺了一大块,再看,毡也不见了,往左右两

---

[1] 下苦:西北方言,指下大力气干很苦的活。

侧看看，发现就剩下我身体压住的这部分，毡的边沿正好是我的身体轮廓，其余的被割掉了。整个屋子像火炉一样，全是烟味。爷爷在桌子前熬茶喝，他那个状态就是后来我学到的一个词——稳如泰山，他的气质和长相就让人有这样一种感觉。我翻身起来，揉开双眼，爷爷对我说："你知道着火了吗？"我因为缺水嗓子还没开，没说话，爷爷接着说："差点就烧死了。"奶奶走进来说："这娃睡得太迷了，咋睡那么沉？"

我通过他们的描述才知道是"炕着了"。

"炕着了"也叫"煤烟子着了"，是西北的炕里面长时间积累的烟油着火引起的，这一着就得好几天。房子的四壁也会跟着发热，偶尔也有引发房顶的椽和檩着火的情况。这种火味道极大，半个庄子都能闻到，庄里人闻到味道就知道谁家的炕着了。这火基本无法事先预知，等发现时，炕上的被褥什么的都已经着了。因为我身子短，脚下还是炕眼儿，睡过炕的人都知道，刚生火的时候炕眼最热，但真正最热且保持时间最长的位置是烟囱口。所以是爷爷先发现着火的，他被烫醒，发现席子毡子褥子被子都着了，立马起来把它们卷到地上灭火，炕上的我却怎么叫也叫不醒，他便把我抱到桌子上，让我在桌子上继续睡着。他们收拾完炕,用刀把着火的席子和毡割掉,余下好的部分继续铺上,怕我着凉,把我又放回了炕上,才有我睡醒时看见的我睡在和身体一般大且残缺不全的席子和毡上的一幕。

爷爷奶奶又搬到三伯的房子里住了几天,等炕火灭了再回来。这中间我没事就去炕上蹦跶,结果炕眼儿那里被踩了一个窟窿。补炕比造一眼新炕难度大得多,二伯是这方面的行家,补好后,炕眼那里高出几厘米来,几个月后,睡觉时我的脚能够到那一块高出的地方,才明显发觉到自己猛一下蹿高、长大了。

爷爷开始半夜咳嗽,交过夜,咳嗽不止,咳到房子墙上有灰尘下来,每晚把全家人咳醒。我醒来就去院子里面看星星,月亮将院子外面的几棵树的影子投放到院子里,影子比树大出好多倍。父亲带着爷爷看了很多医生,也请一些"神医"来家里看过,院子里支起好几个火盆熬中药,叔叔伯伯们的药罐子也都拿来用。吃了一段时间药,也没起色,爷爷就把药停了,喝药让他变瘦了,像一头被剃了毛的驴。之后他又回到了咳嗽以前的日子,依旧早起点上火盆熬茶喝,卷大拇指粗的旱烟抽,我跟着他喝茶,浓得像中药的茶。自此不喝茶,我便没精神,被惯出了毛病。爷爷喝完茶便握着水烟不离手,烟雾始终笼罩着他,一整天很少看得清他的脸。他时常站在家门前抽,咕咕咕,像个空气加湿器。

每次我放学回家,他就在门口那里站着,那几年我总能考到好名次,拿到奖状就塞进他手里。爷爷小时候念过私塾,庄子里的晚辈们管他叫"老爷","老爷"在庄子里是个学位,似乎比秀才要高一点点,我查询过很多资料,没找到确凿的记载。到我二十多岁时,在一次别人家的喜事上,问几个年长且有知识的人,得到一个含糊的答案,意思就是私塾结业。我在他的柜子里见到过繁体竖排印刷,能看见草渣的麻纸版的《四书五经》《千字文》《唐诗宋词》之类的书籍,偶尔在早上喝茶时还见他拿在手里翻着。他对能读进去书的孩子较为喜欢,但也从不见他亲近谁,每天摆着一副严肃脸,额头上的几道深纹拧在一起,看起来颇为惆怅。

爷爷还是继续咳嗽,后半夜几乎没觉睡,他就披上棉衣去给牛添添草,把家里的每把铁锹擦了又擦,他一翻动,铁锹就在月光下闪出一道光,月亮大的时候几把铁锹摆在一起,能把整个院子映亮。父亲在其他一些老人那里打听到,吃香梨能治疗爷爷这病,便托人买了一些拿回家来，当着我们的面把梨锁进柜子里并嘱咐爷爷自己吃，别给小孩子吃。父亲还给柜子安了门关，加了一把锁。也不知道是怎么回事，紧接着的一段时间里，我半夜醒来，爷爷都恰好在吃梨。我确定那段时间我已经听不见爷爷的咳嗽声了，我不是被咳嗽吵醒的。爷爷的牙已经没剩下几颗了，咀嚼时几乎没有声音，我醒来继续躺着看他，他便削一块给我，一句话也不说，我也不说话，吃完，转个头继续睡。我觉得爷爷肯定在我的眼睛里看到了驴、猪、狗的眼神，乞食时那种黑亮、专注的眼神。

时间再往下一点，爷爷每晚吃的梨越来越少，我吃到的梨越来越多，有时候我都吃不完，放到桌子上，第二天早上起来接着吃。一柜子梨没了，父亲又买来一柜子，几个月后，爷爷的咳嗽果真好了。

一天，我听见爷爷在砍木头，跑到三伯房子外面的院子里去瞧，发现他的脚下踩着一根杨树，刚砍回来的，枝权都没有弄干净，我拿起小斧子帮忙砍掉一些细小的枝权。午饭前，杨树被我们整理得光溜溜的，我才问爷爷这要做什么用，爷爷让我去喊父亲来，父亲把杨树扛进三伯的房子，竖起来，支在檩子下面。原来檩子被虫子蛀了，发现得晚了，涂药已经没作用，只能用木头撑住，不然房子哪天便会塌掉。我拿手电筒仔细一瞧，那一块外面已经有几十个虫洞，虫洞外全是虫子咀的木屑，一点一点泛着白色。

爷爷去世那天的中午，他和几个老头在一棵柳树下晒太阳，我下午去上学看到他们几个还在聊天，晚上回来，爷爷就走了。爷爷晒完太阳觉得累想回家睡一觉，睡着就再没醒来。

共享书屋

三伯的房子空下来后,我偶尔在里面写作业,搬了一张桌子进去,这才有机会仔细看看这一间房子。墙上糊的都是《人民日报》《中国农业报》,三伯糊墙时尽量把字多的一面放在外面,显白,把图多的一面放在里面。墙上还有中国古代四大美女的画像,工笔画风,画面已经看不清楚了,我用白纸重新糊了墙,把原来那层发黄的报纸覆盖掉,在糊墙的时候,当我铲掉翘起来的墙皮时,发现底下还糊着一层挂历,便感叹三伯真是活得仔细。后来我觉得这里倒是一个清净的地方,就慢慢布置起来,东西越来越多,水杯、暖壶、零食也都有了。几个要好的小伙伴闲着没事来找我时也会去三伯的房子里寻，我便把一些作文书、小说、画本也都添置进去，小伙伴来时我们玩够了就翻上一阵子书。书少，小伙伴们来几次就全看完了，他们便把自己的书也带来，填充数量，交换着看，一来二去，四五个小伙伴的书都留到了这里，你看我的，我看你的，这里就成了一个书屋。

下雨天不能在外面玩，我们就聚在这里，下象棋、军棋；天气冷了，我们便生火驱寒，家长喊我们吃饭，也到这个房子里找我们。三伯的房子帮我们隔出来一个"去处"。

不知道什么时候开始，房子的烟囱里住进去了麻雀，叽叽喳喳的。从外面看，墙上留了不少鸟粪，我们在屋子里面搭着梯子找肇事者，也找不到，只好在烟囱里面塞一团麻，防止麻雀飞进屋里。

直到现在，小伙伴们偶尔联系时还会说到在三伯的房子里玩耍的那些日子。我们还在里面叠纸枪，收集石头，养鱼，尽我们所有把玩具也放在里面。乡村孩子玩物少，多数还是城市里的亲戚回老家时顺道带来的，我们靠着"共享"也见了一些世面。

"书屋"结束于一个下午，那天来了一个远方亲戚，在正房里和父亲聊了一会儿，去三伯的房子里看了看，便走了。父亲说那是爷爷的亲戚，家里的孩子要在我们镇里的初中复读一年，要住三伯的房子，让我们尽快腾出房子。

两个复读生

一高一矮，一瘦一胖，一白一黑，一闷一闹，总之，这两个复读生各个方面都完全相反。爷爷的那个远房亲戚是另一个镇里的干部，远到用几句话都说不清到底是什么亲戚，姓罗。他儿子来的时候骑着一辆自行车，后面载着一口大木箱子，个子高，瘦、白，不喜欢说话，平时学习很好，每次考试却考不好，转到我们镇里复读，打算考师范学校。他带着自己的一个同学，也是我们镇的人，姓张，前一年没考上好学校，也需要复读一年，打算上职业学校。姓张的学生矮胖，话多、嘴甜、礼数周全，我奶奶和我母亲都喜欢张姓同学。他们每周五晚上回家去，周日晚上再回来，因为要上晚自习。晚自习前他们会去我们庄的井里挑水，顺道会把我们家的水缸灌满，我和弟弟跟着他们去抬水，他们一人挑两桶，我和弟弟两人抬一桶。

他们住进三伯的房子后，我只能挑他们在的时候去里面玩，他们把炉子放在房檐下，我喜欢看他们生火做饭的全流程，想着以后自己去外地上学大概也是这番景象。房子里的书更多了，卷子、教辅书、课本，一摞一摞的，我遇到不会的习题就会去请教他们，遇到谁就问谁。我渐渐发现，罗姓同学的解题思路比较清晰，讲解也容易理解，但罗姓同学性子急、傲气，总喜欢问我考了多少分。我当时在学校总是在前两名里，还算能说出口，可他告诉我，我在庄里的学校厉害，放到全镇乃至全县就不一定了，还得多努力。我也觉得自己得多努力，不然万一考不上还得复读。复读是件苦差事，本镇的名额满了还得去别的镇子里，折腾人。当时我们那里流行上中专，一毕业就挣钱了，比上大学节省很多年时间。

张姓同学人缘好，我们庄里的初中生经常来找他玩，有很多我认识的，还有很多我知道名字但对不上号的。其中有一个寡妇的儿子，因学习好而出名。寡妇卖凉皮供孩子上学，他们就经常去寡妇家里帮忙做凉皮，一做就是一整晚，不然不够第二天在集市上卖。他们每次都会带几碗回来，给我们家也会送一碗，刚开始吃得开心，吃多了就腻味，后来凉皮都没人吃了。我问他们，传言寡妇家的凉皮是用脚踩出来的，才那么好吃，是不是真的？罗姓同学说不是，张姓同学说是的，他们相视一笑。这个传言依旧是个谜。

一年后，罗姓同学考上了我们市里的师范学校，张姓同学考上了陕西那边的一所技术学校，三伯的房子又一次空置下来。

几年后，罗姓同学毕业，到我们隔壁庄的小学教书，在镇里遇到我们家的人，装作不认识。张姓同学却把我们家的人当成了亲戚，每年春节都会来看我奶奶，十多年一直没有间断过。他毕业后去了一个工厂上班，再之后他安家在陕西了，就断了联系。

三伯的房子里开始堆积一些铡好的麦草，用来储冬。我经常帮父母用叉把麦草从门口扬进去，扬到屋顶那么高，再把门关上，取草时从窗户里往外扯。这房子的结构正好满足了储草的功能，成了一间仓房。

一个兵

我上初中后,三伯的房子里住进来一个我的同班同学,姓马,他有一个女孩子的名字,起初看名字我还以为他是女生。我俩的友谊始于纸条。当时他坐在我喜欢的女同学的后桌,得知我和那位女同学两情相悦后他就经常帮我传递纸条或其他小东西,我们便渐渐熟络了起来。

他家距离镇中学有十多公里,每天骑自行车上学。几个月后天气冷了,他骑不动了,有一次来我家里玩,看见三伯的房子,便想住进来。他住进来后,我也搬进去了,成了"在家里的住校生"。起初他还做饭,后来越来越懒,我俩便跑到我家里吃饭,我们睡的炕烧不热,我奶奶便帮我们烧炕。一段时间后，他喜欢上隔壁班的一个女孩子，每晚回来都趴在炕上写情书，写完一页就读给我听，我听完后他就立马撕掉。我问写得挺好为啥撕掉？他说写得不好，没有真情实感。每天他都会写到半夜，把自己折磨得死去活来才罢休。我听上一两页就困得扛不住了，很快进入了梦乡。他的信成了非常管用的"助眠神曲"。

经过一番"苦战"，他仍然没有追到那个女孩子，于是，陷入了爱情带来的苦闷里，花一百块钱买了个随身听，开始听各种情歌排遣心中的郁气。他常常大半夜突然唱起歌来，用鬼哭狼嚎形容也不为过，我听着听着也会被他感染，跟着他唱，唱累了就睡觉，经常会睡到第二天中午，我们的课业就这样落下了。奶奶发现我们经常不去上课，说这样下去不行，不能天天在一起玩，就让我们分开住了。

马姓同学搬到镇里住了几个月后就去新疆当兵了，一个月给我写一封信。起初我回信勤快，在雨天，打开录音机，放他留下的那些磁带，回信。时日久了，懒惰加身，他也适应了军营的生活，交到了新朋友，视野开阔了，对家乡同学们的思念渐渐也没那么强烈了，我们就失去了联系。

十年后，某天父亲给我打视频电话，说马姓同学来家里看奶奶了。视频里的他穿着士官的军装，笑容满面，我们就这样又建立了联系。此时我们庄里正在建设新农村，每家每户都在拆除旧房子，马姓同学在电话里说："旧房子全部拆掉了，我们住的那个房子也拆了。"

他拿着手机对着我们家的院子转了一圈，满院子断垣残壁，我从镜头里零星看到几件熟悉的家具，很多散碎的记忆在脑海里一闪而过。随着镜头的转动，这些记忆像刚点燃就立刻被大风卷灭的火苗，瞬间燃起又迅疾熄灭。他拿着手机又去三伯的老房子里转了一圈，我看见那些从屋顶上卸下来的瓦被垒成了麦仓的样子，椽、檩，还有那棵杨树都立在墙根，檩子上的几处伤疤，那根歪扭的杨树上的砍茬，我都那么熟悉，我这才意识到，原来自己一个人在那座房子里的时候，已经把每一处都看了好多遍，并且记下了。我说："那房子，被杨树顶了那么多年，都没塌。"

杨存女

三十年前的一天,镇政府的人来普查老年人的人数,要评选长寿老人,那天阳光异常充沛,工作人员站在我家的房檐下,影子被拉得很长。我第一次跑到了父亲的房间里,打开他的抽屉,私自翻开了我们家的户口本。

父亲将户口本包得很严实,以至于我打开时产生了一种偷窥的快感。翻开第一页,看到奶奶的名字:杨存女。我跑出去分别问我大哥、二哥、三哥:"你们知道奶奶的名字吗?"没人知道,那么排行老四的我之后的人就更无人知晓。我再跑去问我六叔、五叔,问到排行老四的父亲,才问到了奶奶的名字。

三十年后,身在异乡的我,常常被这个鲜为人知的名字所牵引。杨存女,这三个字存在很大的追溯空间,里面包含我对这位老人的所有记忆,以及对祖父那一辈的所有认知。

奶奶去世的前一年,我在十一假期期间回了趟老家,奶奶吃完饭到我房门口喊我,她问我:"闲不?"我说:"闲!"她说:"那过来一起说话。"

小时候,奶奶给我讲了很多"古经","古经"在我们那里是民间故事的意思。我喜欢和她说话。

那一次聊天是奶奶和我最后一次单独交谈,第二年她便走了。那次谈话的最后，奶奶说："见一次少一次了。"我说："您还硬朗着呢，我们还指望您活到一百岁呢，不差几年。"奶奶笑着说："唉，活得够够的了，再活下去就成老妖精了。"我看到她笑的时候嘴里仅有的一颗黄牙，头发稀松，盘在脑后，梳得很服贴，衣服洁净。她说："前几天，熊熊来看我，我都认不出来了。"熊熊是她的第一个重孙子。我说："您耳朵还好用呢。"奶奶说："孙子还能分清楚，重孙子分不清楚了，现在都有玄孙了。"我说："您看您多有福气，再坚持活个几年。"奶奶笑了，我说："您睡一会儿吧。"奶奶说："我娃一转眼都这么大了。"我接道："嗯，奶奶，我也三十多岁了呢。"奶奶接着问我："是我眼睛麻了？你咋还这么年轻？"

我不知道怎么回答奶奶这个问题。她继续问："你女人肚子有动静吗？"我说："还没呢！"她说："你小时候就猫那么大，我带你的时候把你撩在衣襟里，揣着，在门边里遛弯。"她说着就撩起衣襟来，我说："一转眼我也三十好几了。"奶奶说："快得很。"

我想起了爷爷下葬后的第一晚，当时我抱着被子和枕头去奶奶屋里搭了个床，奶奶说："我娃来了，你爸妈让你来的吧。我没事。"她躺着没起来，是把头从被子里伸出来说的话。

奶奶去世的前几天，接到父亲喊我回家的电话时，我正在公司里写PPT，父亲说："你奶奶可能就在这几天了，尽快回来吧！"我立马订票，三天后在北京至天水的高铁上，父亲的电话打进来了，他说："狗，你奶奶下场了。""狗"是我们那里父母对孩子的称呼，"下场"是我们那里对去世的说法。

在高铁上，我开始从记忆中抽取片段拼接奶奶的一生。

和奶奶最后一次聊天时，奶奶给我细数了他们那一拨人都是什么时候去世的——具体的季节，具体的日期，具体的时间段，当时是太阳当空，还是月光平铺，临终是有病，还是自然衰亡。然后，她会点评逝者家人的返乡速度、到场的人数，告诉我谁谁到了、谁谁没有来，再对此人的生平做一句总结。比如：他的命挺好的，一辈子没受罪；她命苦了一辈子，嫁到我们庄就没过上过好日子；他作孽太多了，这样走也算老天爷仁慈了。奶奶还把几个恶人跟我重点强调了一遍，那个没有给我父亲开出一纸证明、耽误了他去外面上大学的人，她说了好几遍。满头白发的奶奶唉声叹气,说那人不是个好东西。我坐在她身边,听着她那些平实而精准的描述,不知道怎么回应,不知道怎么回应她的一生,也不知道怎么回应庄子里那些人的一生。

我只想到,她也是用这样的语言一直在和生活做各种对抗、交易、谈判。现如今,她用这样的语言来记录死亡。一个老太太的内心得有多孤寂,才会把别人这一生的时间拉得如此之长,把这些我们平时忽略掉的事情,纷纷在自己的脑海中建立起记忆点,并附上自己的思考,让它们和自己的情感产生联系。

奶奶心中刻着一整部我们庄子的死亡史。

她的世界静谧到没有任何嘈杂的信号,只会注意到庄子里喊丧人的那一嗓子:谁谁,谁谁走了,走了。

奶奶跟我说,自己那一辈的人现在还剩两个了,除了自己,还有一个住在县城里。那是奶奶唯一活着的朋友了。奶奶的这个朋友经常背着在县医院当院长的儿子往乡下老家跑,前五年她还能跑得动,最近这十几年再也没有回来过。她那时候跑是因为实在接受不了城里人的生活,马桶用不惯,憋得实在难受,晚上就走出去好几里,找块空了的农田解决掉。她每次回来都会和奶奶住一两天，给奶奶带些鲜味，像两个分享心事的闺密。她的儿子每年大年初一都会回来给祖辈上坟，临回城前他会到我家来看望奶奶，带来他母亲的消息，临走，奶奶会给他母亲捎上自己做的东西，送出去好远，像送自己出远门的儿子。我叔说："娘，我开车送你去县城看她。"奶奶说："不去了。"爷爷去世后的二十年里，奶奶就没出过庄子。

爷爷是七十二岁去世的，奶奶十八岁嫁给爷爷，爷爷是个穷得只有一箱子书的农民，奶奶是爷爷用两匹黑布换来的。每次我大娘和二娘比嫁妆、叫穷时，奶奶都会站出来压着她们，说："你们还叫苦，比我强多了。"

奶奶生了六个儿子、一个姑娘。一生中经历过丧子之痛，失女之悲。

奶奶在我们整个家族中承担的最主要的角色是物资平衡员。这个职位是我命名的，比如谁给了她好吃的东西、奇怪的玩意儿，她自己不吃也不用，偷偷锁到柜子里，第二天就会想到这个东西应该给谁。她会想到谁缺少这个东西，或者还没吃过这个东西。后来，大家给奶奶东西的时候，都会补充一句："你自己用，自己吃，别给别人了。"但最终，我们还是会在别人那里发现送给奶奶的东西，又好气又好笑。我经常看到奶奶从自己兜里掏出东西来，兴冲冲地给别人递过去。我们都拿到过奶奶的东西，不论是快六十岁的大伯，还是才四岁的小侄子。

奶奶是小脚，经常躲在阴暗潮湿的农具房子里自己偷偷洗裹脚布，她怕丑陋，又怕味道不好闻，也信不过几个儿媳妇，觉得她们洗得不干净。奶奶穿大襟衣服，现在很多老裁缝都不会做这种衣服了。我父亲后来找到一个裁缝，给奶奶定制了十几套，奶奶笑着说："你看，时代都不留我了，我咋还不死？"

奶奶以前收留过一个家里比我家还穷的孩子，这个孩子四十多岁的时候，曾跪在奶奶面前诉说了几个小时。他跪在地上，拉着奶奶的手，奶奶盘腿坐在炕沿处，两个人一把鼻涕一把眼泪地说着过去的事情。他后来还成了个人物，我仔细听了他的话，但只听明白了一句：当年要不是奶奶接济他们，他娘和他早没了。

奶奶这辈子最遗憾的是一件事。她家早年富裕，后来家败，她父亲不得已就把子嗣都送人或者外嫁了，奶奶姐妹兄弟八个人，十八岁后就再也没见过，她每每说起这个都满含热泪。

从她的言语中，我能听出她大哥是个能耐人，她一直期盼着她大哥能把他们姐妹兄弟的消息都打听清楚，有生之年可以相聚。后来，来过一拨人，是奶奶大哥的子孙，说奶奶的大哥去世了。又说，这么多年，终于找到奶奶了，其他的姐妹兄弟都已外迁，没了消息。之后，他们给奶奶留了一张她大哥的照片。其实，我的几个大伯也一直在寻找奶奶家族的人，只是以前书信不通，几十年都断绝了联系，实在没有任何线索，有的甚至改了姓。奶奶的娘家在山大沟深的一个庄子里，跟她大哥的子孙有了联系后，亲戚间就走动起来了，每年春节都必须去一趟。我们的习俗是，女方去世后，得等娘家来人确认后才能下葬。我五六岁的时候，就跟着大人们走了一趟这门亲戚，因为极其遥远，很多人找借口不去，有些人头一年去了一趟，第二年就叫苦不迭，也开始找借口不去了。我去的那次，回来的时候实在走不动，是被大人背回来的，之后我再也没有去过。后来，家里的大人们每次说到这门亲戚家的遥远，都会提到我这件事。

奶奶生过一场大病，躺在炕上都咽气好几天了，后来又活了过来，她的棺材板是和爷爷的一并备下的，后来奶奶一有空，就扫扫棺材板上的土，她经常笑话自己："棺材板有了，老衣也有了，就差死了。"老衣，就是寿衣。

奶奶有次大病后吃东西不易消化，只能喝面糊糊，每天只吃点零散的东西充饥。奶奶看不上任何一个儿媳妇做的面片、烙饼和针线，只要她们妯娌在奶奶面前做这些东西，都会被数落。后来，奶奶只吃自己炒的面和面糊糊，渐渐地，她的身体也只能接受这些食物了，吃其他的食物都会拉肚子。儿子孙子给她买的东西，不管是贵的、稀奇的，还是便宜的、家常的，都不行。

在奶奶的孙子中，我和她相处的时间最久。爷爷去世后，我和奶奶一起住，负责照看她。那时候我养了一只猫，奶奶负责猫的吃喝，我负责和猫玩，后来我去县城住校上高中，那只猫就陪着奶奶。奶奶大字不识，也不看电视，一辈子都没出过我们镇，最远到过我姑姑家里，余下的日子就在我们庄子里生活。腊月里，奶奶常常站在我们家门口掰着指头数，数这堆子孙还有谁没有回来过年。

大年三十那天，每个人都得到奶奶这里报个到，不回家也得提前向奶奶通报一下。奶奶是活得最为坚强的那一拨人，她常对我说起以前挨饿的经历，说起那些暂时得势鸡犬升天的人和她曾遇到的好人，也会说她遭遇的不平事，她的叙述已经没了情绪，只余下平淡的味道，这可能就是她对生活的一种理解。活到最后,她和儿子们没话说了,和儿媳们也没话说了。

奶奶是崇尚慢的,她会把握好时令,按照最慢的速度去安排吃喝、播种和收成。她有自己的菜园,从来不贪多,她的菜都是慢慢长成的,最有原始的味道。她的慢还体现在做手擀面和千层饼的功夫上,要一整天的工夫才能出锅,那个味道估计是后继无人了。

奶奶是自信的,她会把自己斑白的落发积攒起来塞进墙缝里,等着货郎来换取针线。货郎每次都说不收白头发,奶奶还是会自信满满地跑回家,拿出她积攒的其他东西来和货郎交换。奶奶是可以离开现代货币生存的人。

奶奶的身上总带着千层饼的香味,她屋里总有股混合着胡麻油和细麻的味道,滋育着我们这群子孙。逢寒冬疾风,逢暴雨连阴,往奶奶屋子里钻,总有烧得最热的炕,总有最松脆的饼,这可是奶奶的子孙无法遗忘的、温暖的根基。

奶奶有她自己的信仰。她最喜欢的是椿树,她的房子后面有一棵三十多米高的椿树,每次地震或者连续降雨,我父亲弟兄几个总会商量将它砍掉——万一那棵树倒下来，房子被压塌，奶奶就有危险了。那棵树前些年还稳健，后来树根都咔咔呼呼地露出地皮不少。奶奶就是不让砍，她说："等我走之后，你们爱砍不砍。"父亲他们几次想偷偷砍了，还是不忍心，后来这棵树竟然成了我们庄子里很高大的一棵树。站在山梁子上，想找我们家，只要找那棵树就行。夏天里可能还无人在意，但是在秋天，那棵树就会变得很有存在感。

有一年地震，奶奶的房子后墙开一条大口子，父亲说这房子随时都有塌下去的可能，必须换新的，奶奶不同意。所有的人都用自己的方式试图说服奶奶同意拆了旧房，搬进新房子，奶奶始终没有同意。那年我回家，奶奶对我说："你跟你爸妈说一下，别拆了我这个房子，我住不了几年了，等我死了，他们再拆。"我说："万一塌下来可咋办，把您扣里面了。"奶奶说："我都住习惯了，一辈子住了太多房子了，换了难受，就住这个住到死算了。"沉默片刻后她又补充道，"我活得太久了，咋还不死？"

奶奶去世那天，我到家时大家已经在吃晚饭了，我直接到正房里在奶奶的身边磕了头，跪了香，然后站到院子里，才看到天气阴沉，没有云彩，整个天空都显得很疲惫，在家的儿子和孙子都到了，在外地的儿孙也都通报了当下的位置，因为太突然，还是有几个孙子无法赶回家。门外面摆满了花圈，门扇上贴着一张整开的大白纸，上面写满悲恸的句子，那是庄子里的阴阳先生写的。我仔细读了一遍，大致记录了奶奶一生的经历。在最后的署名处，写着儿子、女儿、孙子、孙女、重孙、重孙女们的名字，满满六行，叩首。奶奶活得足够久，才有这么多人都被联结在一起，悲伤也浅，我们都平平静静的。我这才理解了长寿的意义——让亲人们在心里做好准备，足足的准备，好多年的准备，一直到能平静地接受一场死亡。

我回屋拿上从北京买的香烟，想去坟地里看打坟的进度。打坟的叔叔伯伯们一半在坟膛里举镐，一半在地面上吊土。我发完烟，问他们土硬不硬，他们回答不硬，就是里面地方太小了，担心会打穿到其他坟里去，隔壁还得留下我英奶奶的位置。我说："确实，我奶奶埋进来后，这里面就只余下一个位置了。"我抬眼看了看隔壁爷爷的坟头，几十年的时间，爷爷的坟头和整片坟地已经化为一体，是座很老很老的坟了，奶奶有十多年没有来过，她顶多走到我们家大门外面，站在门前看看对面的山头。奶奶的行动范围从一个镇子到一个庄子，再到一个院子，现在挪不动了，要进坟了。

打坟的人问我是孙子辈的老几，说我带的烟好抽，绵软，我说我是孙子辈的老四。借着他们的好情绪，我往坟坑的深处探了探头，一层一层往下，从茬口处看土壤，有明显的不同，第一层有草根，再往下土壤变得干净，没有一丝杂质，镢口精细。站在正后方看，所有的镢口全是撇；站在正前方看，所有的镢口都是捺，一看便知他们都是老手艺人。我退出来，往旁边取暖的火堆上添了两根木头，火堆立马起了烟。一位叔叔问我今年多大了，我说三十好几了，他说："你奶奶很长寿。"我说："是，老人家身体挺好的，我觉得还能活十多年呢。"然后我就回家去了。

我走在路边，看到新修的公路沿着我们家这片坟地的边缘延伸，进坟的路前面有一堆虚草，我怕抬棺材的人踩空，想回家去拿铁锹来铲掉。走到半途，大伯扛着铁锹、捏着一盏电灯正往这边走来。我跟他返回坟地，把草除掉，在路边那棵柳树上挂上灯，把线引进他家里，接通了电源。此时天猛然黑了下来，抬头只能看到被灯照亮的柳树梢，再往上瞧，就是空空的黑夜。

回到家后，我去厨房吃饭，坐在餐桌前正准备拿起筷子，突然听见院子里有人发出一声悲伤的号哭，我无法识别那哭声是谁发出的，很陌生。我奔出厨房，寻声而去，发现是我母亲，我从没听过她那么伤心地哭泣。她哭喊："我和你一起生活了快四十年，你突然就走了。"

是啊，活着的人中，母亲和奶奶生活在一起的时间最长，父亲常年在外打工，弟弟后来参军，我去外地上学，家里时常就是她们两人互相守着，一个帮一个，过了这么些年。想一想那些暴雨夜，那些发生地震的时刻，那些停电的日子，每一分钟她们都在一起，比夫妻在一起的时间还长。

奶奶是在早晨五点下葬的。那天半夜开始下起了大雪，我已经好多年没见过家里下这么大的雪了，雪都没过了脚脖子，一层一层在地面上积起来，这场雪下得很瓷实，不急不躁的。这就是大雪的样子，细软绵密，落到墙头都能粘在墙上。院子里大火堆上的火苗蹿到房顶那么高，庄子里的男人们都来了，一人一把铁锹，立在家门前，几百把铁锹、四五代人，这个庄子的安葬习俗是每家每户都会来送亡人，谁家来了、谁家没有到，亡人都是知道的。所有人都围在火堆旁边伸着双手烤火，等喊丧人喊一句，再一起出动，送亡人上路。

我跪在坟前，看着用平时堆在房檐下的那一摞棺材板造成的棺材，心想，我们家最年长的一代人没了。眼前渐渐堆起一个坟头，没几分钟，雪便轻易地覆盖了一座新坟。寒冷一下子击穿了我，那冷瞬间钻进心口。我记得初中时的那一场突如其来的大雪是在下午放学时袭来的。我从学校出来后差点被冻死在路上，坚持到走进庄子时，两腿已经麻木了，几乎是爬到了家里，立刻钻进了奶奶的屋子，炉子里的火红彤彤的，奶奶说："下午就觉得今天太冷了，几十年没这么冷了。"我冻僵了，嘴也张不开，呆呆地坐在沙发上，等冰冷的身体一点点回暖，让火把身体里的所有寒冷都赶走，赶到门外去，赶到院子里去，赶到外面的田野中去。

再次回到家时，门口的铁锹已经一把不剩了，庄子里的人已经各回各家，各自钻进自己家火热的炕上，庄子里每少一个人，所有人都会老上一寸，扛不过这个冬天的还会有几个人，不知道会是谁。

大雪继续沉着地下着，下了七天七夜。

奶奶的生日是正月十六，这一天晚上我们要点面灯[1]

---

[1] 面灯：也叫面盏、棉花灯，是用面粉做的各种形状的灯盏，以食用油为燃料，多用谷物秸秆缠上棉花做灯芯，故又称棉花灯。

祈福，得给家里去世的人和还在世的人都点上一盏面灯，谁的面灯灯花大，预示着谁来年的运气更好，所以奶奶的生日总是很有气氛。

这一年的正月十六，灯还是那些灯，数量也没变，家里却少了一个人。

挖光阴

1

过了正月十六，五十六岁的黑子又要背上行李，出门打工去了。

天还没有醒过来，天寒地冻的。

这一次黑子要先拿到春节前在几家人那里拼凑借到的三万块钱，还完去年盖房子向银行贷的那三万块钱的无息贷款，才能打工去。还完贷款本金的半个月后，黑子女人（庄里人不喊妇女的名字，只会叫她们某某女人）会接到银行的电话，这时黑子就可以再贷出这笔钱。这笔钱一年只用还一次本金，还完了还能接着贷，可以这样贷三年。其实很多人贷款之后都会拖拖拉拉地不还钱，但是黑子是守信的人，这一辈子没欠过谁。因为黑子头一年给小儿子娶了媳妇，盖房子又花了小十万块钱，家里比较紧张。今年只能找人借了钱，他总共借了三万五千块钱，跟各家说好了正月十七上门取钱。

他说自己第一次外出打工是在一九八〇年，因为差了几分没有考上大学，本来庄子里开个证明就可以上的，却被人卡住没开出来，觉得臊得慌，就转身做了农民工，一下子就干了三十多年。再过几年他就到了退休的年纪，可以养老了。黑子是庄里的第一批"农民工"。

提起养老，黑子毫无概念，因为他们这一批庄户人都是年轻时外出打工，干不动了就回到家里种地，直到去世。也从未有过其他的收入来源，对于养老，他没有任何认知，他以为的养老是不用额外花钱买什么东西，靠自己种地就可以自给自足。

黑子的父亲靠土地活了一辈子，那时候也没有新型农村合作医疗（简称新农合）和新型农村社会养老保险（简称新农保），全靠着土地过活。现在有了这两种保险，但很多人还是搞不清具体的情况。黑子问过庄里的大学生，这两种保险具体该怎么缴，到期可以拿到多少钱，但庄里那些毕业后回到本地学校教书的大学生也搞不明白是怎么回事，于是黑子就随了大流，大家缴多少他也就缴多少。

黑子说，反正大多数人都搞不清楚。但大家都觉得这是个好事，于是很多人的医疗卡就放在庄子的卫生所里，看病取药的时候就直接划卡上的钱，庄里的医生会在年终时告诉他们这一年是花得超标了，还是有剩余。

对黑子他们这一辈人来说，对疾病的处置宗旨是"小病不用去医院，大病去医院也没用"，头疼脑热的就买点药吃了，其余的病，就扛着，因为他们的父辈就是这么过来的。所幸,这里的人因为长期干活,身体都锻炼得比较硬朗。

黑子也没什么大病,只是体质有些敏感,容易被油漆呛着,有高血压,还有点小胃病。胃病是这个庄子最普遍的病,多数因病去世的人都是得了胃病。究其原因是他们这一批人小时候都经历过饥荒,那时人们喝用树皮熬的汤,吃下去会再吐出来,但是不吃又不行。说起这些的时候,黑子总是有种骄傲感,好似握着一大把好玩的故事。

关于养老保险,黑子让自己在北京的儿子找同学打听过,对方说缴得越多,到时候领得越多。但是黑子不太信任这个说法,因为这里的好几辈人都是依靠土地生存的,在他眼中白吃白喝的有两种人,一种是乞丐,一种是"五保户",而无儿无女的那种人会去敬老院。

听庄里人说,这个养老保险,现在每年缴一百块钱,六十岁后一年能发近两千块钱。黑子认定这是个好事情,有总比没有强,于是每年接到缴费通知的时候,他都会按照最低的参保档缴费。

黑子的逻辑是,只要还能干一年,就要干下去,干不动了再说。再加上这么多年他一直在外面打工,回到家,一闲下来反而会腰酸背痛,还添了毛病。慢慢地,他自己也不习惯庄里的作息时间了。

起先那些年,他都会过完二月二才出门打工,出门的前几天就在房檐下晒一挂红鞭,天气不好了,就扔到炕上,千万不能扔到母亲炕上,因为母亲的炕太热,会直接爆炸。到出门那天把红鞭点上,整个庄子都能听见响动。

这座村庄一到大年初六,就开始不间断地有人放"出门炮",很多人还会去庙里上个香。这个庄子敬奉的是东岳大帝,同时敬奉介子推,以二人为榜样,还有山神和土地。人们可以给每位神仙许愿,春节后来还愿。这座庄子是著名的打工庄,因庄子位于镇子附近,接受外界信息比较快,所以出了不少包工头,也因为这样,这里的贫富差距比较大。

这些年,黑子都是过完初八就出门,今年例外,因为他母亲正月十六过九十大寿,他就缓了几天,他那个老板每天一个电话催他。说起来这个老板还是他的堂妹夫,可是黑子着急用钱的时候,他很少能帮上忙,工钱能正常发到手就算很好了。

最初,黑子每年出门前还会在本子上记录一下这是自己打工的第几个年头,他奢望能早点结束这个历程,不再出门打工。后来的很多年,他都是重复干同一种活,干着干着都忘记有多少个年头了。他抬头望了望天,然后说:"干装修,好像有二十年了。"

2

黑子身高一米七六,有肌肉,头发浓密,额头很大,处女座,爱干净,喜欢搞一些小发明。走在庄里的道上,经常有人问他,新发明的农具是干什么用的,他解释说明后,别人会发出一句赞叹:"真是勤快人啊。"他会回答:"懒人才想这个呢,因为想用这个偷懒啊。"

黑子小时候长得很白净,是学校篮球队的一员,晒黑了,再也没有白回来,于是就得了外号"黑子"。在庄里,只有他的同学和哥们儿会喊他这个名字。

他在兄弟中排行老四,是"昌"字辈,户口本里的大名就有"昌"字,在一众有共同爱好的人中间,大家会使用这个名字,以示尊重。在庄子里的总排行中黑子排行老八,是"船"字辈,这是小名,一般在庄里通用。"船"在庄子里的读音是"栓",所以黑子他们就都成了"栓"字辈。黑子有两个儿子,都在北京打工,一个在互联网行业,一个在餐饮行业。

起初他想着，只要一个儿子参加工作了，他就可以不再打工了。可是后来，物价飞涨，家里又赶上了新农村建设，本以为可以住一辈子的房子，要做整修，国家补贴一部分钱，剩余的得自己支付，其他人家都要整修房子，只有他家不修就显得太各色[1]了，不合群，那就修吧。

他说他有一天突然醒悟了，那天，他的同学拉着粪车从门前路过，他对那位同学说："再拉几年，你女儿把你接到城市里，你就不用拉粪了。"同学说："这人啊，各有各的命，我去城市里还住不习惯呢，生在哪里就活在哪里还是挺好的。"总归是，各有各的命。

这个同学叫栓子，是庄里最早一批下海经商的人。栓子开始是骑自行车载着三百多斤蔬菜去县城的街道里卖，早上六点就要出发，一百二十多里路，去的时候还好，全是平地和下坡；回来的时候有二十里路是上坡。那时候没有冷藏设备，他隔一天就要去县城一次，天黑才回来。栓子就这样干了几十年，现在换了机动车，还是接着干这个营生。

黑子正月十七这天一早起来，去母亲那里告了别，就出门了。以前带人干活的时候他自己做饭吃，出门前

---

[1] 各色：意思是特别、与众不同。

还得带上一袋子面和一袋子土豆，能吃三个月；现在他一个人干活，自己做饭太麻烦了，出门也就不带什么吃的了。如今他只做维修的活，主要是维修别墅，一个人干活总是觉得比较孤单，没有前两年带人干活时那么热闹了。

黑子刚出家门就碰到了他的大哥，大哥今年快七十岁了，有三个孙子。大哥之前也出门打过两年工，后来养了两头驴，在家里种了一辈子庄稼。大哥以前是毡匠，庄里精通这门手艺的只有三个人，从黑子的父亲算起，黑子的父亲收的徒弟是大哥。大哥的亲传弟子是黑子。此前，政府的工作人员前来协调想把大哥家的土地拿来盖工厂，被大哥赶出了家门。有一次，村长来做工作，想征用大哥家的玉米地，盖成木材市场，并说会给相应的赔偿，大哥拿着铁锹就把村长一行人直接赶出了家门。后来赶上新农村建设，大哥舍不得拆掉原来的旧房子，死活不同意换新房，村长最后只好找黑子当说客，因为黑子熟悉大哥的脾气。

黑子两兄弟一起出门打工是在一九八二年，白露一过，大哥就喊黑子出门了，从家里出发，走两天两夜就到了宁夏西吉县。那个季节西吉的家家户户都开始剪羊毛、做毛毡，每年都有这个生意做，黑子他们在这个时候就会背着弹羊毛的大弓，走庄串乡给人做毛毡。

庄里人把打工叫作"搞副业"，是黑子的大哥那个年代的人开始这么叫的。他们的本业是种地，以生产队为单位，不允许人员外流，如果外出打工就需要生产队开证明，不然连车票都买不到，出去打工时还要每天给生产队交八毛钱，这样生产队才能给你分粮。这些人外出打工不是在生产队里干活，所以被称为"搞副业"，这个词一用就是几十年。后来妇女们把打工叫作"去下苦"，意思是到外面吃苦去了，而老一辈的人把外出打工叫作"挖光阴"，意思是赚钱、找钱、找命活。

大哥问黑子今年去哪里，黑子回答要先上银川，之后可能还要去贺兰山，现在哪里有活儿就去哪里。大哥点上长烟斗，咳嗽得厉害，没再说话，走掉了。

黑子要坐下午五点的汽车，这辆车会从县汽车站东站出发，第二天早上五点到达银川南门广场，之后才能到干活的地方上工。县城的银行下午四点下班，所以黑子要赶在这之前把钱还上，再去车站坐车，县城不大，银行到车站也就十多分钟的路程，时间还比较宽裕。

黑子绕道先去各家拿钱。走在庄子的主道上，看到二哥在自家院子里正拿开水浇院子里的冰凌。二哥是个怪人,不喜欢说话,但是心很善,看你家忙不过来时,就偷偷帮你干活。比如到了夏天,每家的麦子品种和光照时间不同,有些就熟得早,哪家的麦子熟了,这家人雷雨天又赶不回来,二哥看到了便会一个人拿着一把镰刀,一声不响地帮这家人割麦子,割完再把麦子码在地里。谁家的谷子或者胡麻熟了,他也会连夜趁天凉帮忙给拔了。种玉米时,别人没请他来帮忙,他也会突然出现在地里,拿起铁锹就开始干活,他就像一个行侠仗义却不留姓名的侠客。

黑子刚想打招呼,就看到了二哥的儿子钱堆,昨天几个人还跟钱堆吵了一架。钱堆是黑子这个家族中生意做得最大但也最抠门的,和他爹完全相反。钱堆奶奶马上要过九十大寿,可他想出的招数是所有人凑钱买蛋糕,把几个长辈气得够呛,轮流把他训了一顿,说一个蛋糕就两三百块钱,还搞什么集资。

黑子看到他,气不打一处来,没说什么话,转身就走了。

3

黑子二哥家现在住的院子是庄里第一家外迁的人转售的,那家人现在在新疆生活,自从外迁后,和庄里便再也没有什么联系了。他们家的外迁史应该从庄里第一批劳动力的输出开始说起,那一批劳动力中也有黑子,男劳力被派往兰州的炼油厂,女劳力被派往新疆捡棉花。自那时起,那家人持续不断地迁徙,直到最后一个住在庄里的儿子变卖了家里所有的东西,这才引起了全庄人的非议,当时是二〇〇四年。也是到了那天,人们才有闲心回顾,这么多年来,这家人是怎样一个接一个"出走"的——从第一年他家的老大去新疆捡棉花开始,后来连续几年她都会去新疆,然后嫁在了那里;之后老二也去新疆打工,然后在那里入赘;老三后来也嫁了过去;再后来,小儿子组建了一支"棉花队",每年都要往新疆输送百余号人打工,接着就带着自己的媳妇和老母,迁户新疆了。

因为此前庄里没有谁变卖家产,连祖宗都不管就直接迁到外地的。他们家小儿子在庄里张贴出一张转售所有家当的告示时,庄里人讨论最激烈的话题是——他怎么带走他七十多岁的老母呢?他还没有给去世的父亲烧完三年的纸呢!庄子里的孝俗是守孝三年,每年忌辰要烧大纸给亡人,庄里人估量着这小儿子不会那么不孝顺,应该不会让自己七十多岁的老母经路途颠簸之痛,让去世的父亲受断孝之苦。可人们还是低估了一个年轻小伙子想走出农村的急迫心情。他不顾一切地卖掉了家里所有的东西。他走的前一天,庄里人络绎不绝地从他们家出来,一件件拿走了他们家的东西,那小子自己在外地多年,学会了"买一赠一,多买多送,竞价拍卖",这下全部用上了。

他们家最知名的财产是一口大缸,那是庄里最大的水缸,是庄里每年杀猪时的指定用品。还有一匹烈马,被他的父亲驯养了半生。也是因为喜欢驯养烈马,他父亲在庄里颇有些威望。他父亲同时还是位养花高手,很多种难伺候的花草在他手里都能活下来,庄里为数不多的几株桑树也是他种下的。而他最厉害的本事是给庄里的所有户主刻了名章。他自己选了木材,自己加工了细料,端着一脸盆印章,站在庄口给众人发放。那是个很有魅力的老头。

黑子走过这个院子时若有所思,他发觉很多人不再回庄里生活了,很多屋子都渐渐空了出来。他要先去庄里开磨坊的老豺家里拿钱,老豺家的生意一年不如一年,因为庄里人口减少,老年人一年又吃不了多少面,以前磨面机一天要开十二个小时,现在一星期才开四个小时,电费都挣不回来。黑子和老豺的友谊建立得比较早，老豺给大儿子娶媳妇的时候找黑子借过钱。几十年下来，两家人谁有了经济上的困难就会相互帮忙。黑子走进老豺家的院子，看见只有老豺和他老婆两个人，老豺说其他人都没有回来过年。他们进屋点上烟，老豺把钱拿了出来，四千块钱。黑子拿上，装进了口袋里，系上扣子。老豺问黑子这一年过得如何，黑子说过得比往年好，去年给小儿子娶了媳妇，也算办了一件一直压在心口的大事。

老豺又问黑子的亲家是干什么的，黑子说是一直在建筑上找饭吃的，现在年纪大了，就不出远门了，歇在家里打理苹果园子。接着他们聊到了庄里人口减少的问题，还说，庄里的生意基本都黄了，做本地生意的都不景气。不过千说万说，他们还是觉得不能离开这个地方，死了也要埋在这里。

出了老豺家，黑子再次路过了二哥家的院子，接着又经过了一户人家。记得有一年，他和这家的大女儿香娟是坐同一辆车到兰州的，他被送到了兰州炼油厂，香娟被送到新疆去了，他俩同岁。

那一年黑子在兰州炼油厂做卸车工，每天卸的货物是工业碱，俗称白土。每天三块八毛钱的工资，县里面的驻兰办事处抽取五毛钱，余下的才给黑子。黑子记得那时候一碗拉面是八毛钱。

走过了这户人家，就离大旺家近了，大旺是黑子的同学，二人有情义在。黑子第一次打工就是和大旺一起去的，大旺也没考上大学。当时，他们二人天没亮就从家里出发了，走了好几天才到咸阳，当了五个月麦客[1]，没挣到几个钱，回到县城后黑子买了一丈布，因为小时候没裤子穿留下了心理阴影。结果花光了所有的钱，不幸鞋也破了，黑子只好光着脚走回家，脚都磨出了血疱。大旺后来也学了木匠，给周边的人盖房子、做家具，这么多年一直在老家附近转悠，估计是第一次出门打工的遭遇给他留下了阴影，他不敢再出去了，所以日子过得一般。年前他曾许诺会借四千块给黑子，过完年了，黑子想去他家坐坐，抽根烟，聊聊光景，却发现大旺家的门上挂着一把很大的锁，估计他去镇里干活了，也有可能是没钱借，又觉得不好意思拒绝，便躲了起来。

起先那些年，每到秋收和春节，外出打工的人都是必须回家的，天大的事情都没有粮食重要。一九九〇年

---

[1] 麦客：指流动的替别人割麦子的人，每年麦熟季节，麦客外出走乡串户，替人收割麦子。

之后，粮食的价格慢慢比不上每天打工的收入了，便开始有人秋收时也不回家了，他们选择雇人收，索性少种粮食，把地承包给别人，或者干脆让地荒着。这两年荒地越来越多，赶上开发用地了，一些人就等着政府每年按照每亩地的粮产给他们发补贴；赶不上开发用地，就荒在那里。

黑子走到庄头，看见马虎正慢慢悠悠地往庄子里走，马虎现在老糊涂了，连人都不认识了。马虎是庄子里第一个入赘的女婿，也是庄子里的第一户外姓。他是个医生，生了三个儿子，也是庄子里第一户不种地的人家，每年连烧的柴火都从庄里的其他人家买。现在他的三个儿子都是小个体户，除了几个失地农民外，他们是庄里唯一完全和土地脱离的人，是生活在农村的"城里人"。

政府开发用地的政策让很多人变富裕了，现在开养猪场的梁子就是其中之一。梁子的父母去世早，他游手好闲多年，不好好种地，天天喝酒打牌。那时候建筑行业刚刚兴起，庄子里开了好几个砖厂，大多数农民都很爱惜土地，不愿意把土卖给砖厂，只有梁子乐意卖。于是梁子家的地就成了突破口，砖厂开始取土挖地，挖了几十米深后，梁子开上了汽车，天天和大老板混在一起。

粮食的收益渐渐赶不上卖土的收益，梁子周围的那些"地主"们想通后，纷纷把土卖给了砖厂。几年后，一座山消失了，取而代之的是一片平地，这片平地面积很大，甚至影响了新来的乡长对街道的规划，于是，医院、学校、农贸市场都迁到了这里。

失地农民的数量在增加，原有的的农村秩序同时也被打乱了。庄里最会种庄稼的是祥叔，他前些年的光彩如今已所剩无几，再也没有人羡慕他的粮食亩产量是年度冠军了。人们攀比的是谁今年在外面打工挣了最多的钱。

4

在这里的建筑材料还没有被砖替代的时候，各种墙都是用土筑成的，唯一需要工业生产的建筑材料就是瓦，大黑瓦。那时候，黑子在兰州炼油厂干了一年，回到了家里，就干起了他打工生涯中的第三种活儿——瓦工。在瓦厂干活离家近，这个活儿他干得时间比较长。

黑子走出庄子，跑到镇子上街道里的木材市场，找自己的师父去了，庄子和镇子之间只有十几分钟的路。铜钱老先生是黑子的第二个师父，也是黑子的媒人，很多年来，黑子每逢过年都会把师父当亲戚一样走动，年前他和师父说好了，要从师父那里里借七千块钱。师父之前是全乡手艺最好的木匠，多年来一直在镇里开家具店，前些年因为手工家具被机器加工的家具冲击得厉害，家具店生意不好，关了几年。现在有钱人开始喜欢手工家具，师父的生意有些回暖，还有人专门从城里来找他加工手工家具，家具店这才得以重新开张。师父还年轻的时候，曾带着黑子他们十多个师兄弟到处盖房子、打家具、做棺材。后来师父年纪大了一些，黑子的师兄们纷纷出师，各自带徒弟，各干各的，彼此间还会抢生意。

黑子进门的时候，铜钱老先生正在喝早茶。看到黑子进来，他拿出一个新杯子，给黑子倒了半杯，然后拿出钱来。师父说自己没凑够，只有四千块钱，现在家里是儿媳妇管钱，拿不出那么多钱来。黑子连忙谢过师父，说没事，能凑够。

正说着话，就看见大旺走进了木材市场，大旺说自己猜到黑子肯定在这里，就追了过来。他掏出钱来，说自己早上到饲料厂去了，要回了饲料厂去年欠自己的玉米钱，正好两千，让黑子拿上。黑子看了大旺一眼，觉得对他说感谢的话会有些生分，就递过去一支烟，问大旺今年去哪里找"光阴"。大旺说，镇里孙家老板承包了一个幼儿园，他要去帮忙盖楼。算起来，铜钱先生应该是大旺的师伯，因为大旺后来跟的木匠师父是外庄人，姓谢，和铜钱是同门师兄弟。

黑子刚开始跟着铜钱师父时，每天的活儿就是用锯子锯木头，干了三年，才有资格上手用墨斗、锉子、刨子、刻刀，再后来才能用油漆漆花。

起初一天工钱是三块钱，干到后来一天是五块钱，这个活计一干就是八年时间，这八年间，黑子成了家，还在庄子里干过写文书的工作。

从铜钱先生那里出来，黑子往街道中间去找庄里的阴阳先生法家。法家当阴阳先生是子承父业，他和黑子同岁，生了两个女儿，没有儿子。法家学问很好，每年庄里的大型婚丧嫁娶，无论写什么，都是由他主笔，每年农历三月二十八的大型祭祀也是他来主理。法家长得很英俊，是庄里很少见的俊男子。他们家兄弟五个，他排行老四。黑子和法家之所以能建立友谊，是因为法家的父亲是黑子的第三个师父，他教过黑子画秦腔脸谱。

那是一九八四年，庄里人的文化娱乐生活过于贫瘠，庄子里鼓励大家多参与文化娱乐活动，唱秦腔成了大家的首选。黑子选的是老生，《二进宫》的杨波、《四郎探母》的杨延辉、《十道本》的褚遂良、《三娘教子》的薛保、《下河东》的呼延寿亭，这些都是黑子的拿手角色。他最受追捧的是《铡美案》中的包拯一角，据说当时只要他一出台，下面马上就静静的，没人敢说话。还有很多人选择乐器，比如板胡、司鼓、梆子、铙钹、堂鼓，法家学的是板胡，法家的父亲会画秦腔脸谱，当时急需一个人继承这门手艺，老先生选来选去，选中了黑子。黑子成了庄里秦腔脸谱手艺的唯一继承者，他拿手的脸谱有《金沙滩》里的天庆王、《下河东》里的呼延赞，等等。黑子很喜欢这门传统手艺，到现在，他还有两箱子秦腔戏本和脸谱样稿。一来二去，庄子里的戏班子有了成绩，还曾受邀到外面演出过。

那时候，黑子常常在法家家里学习，和法家相处的时间比较长，后来他们常常坐在一起喝酒，相互介绍一些生意。法家为了做生意方便，在镇上的街道里开了一个店，全乡十九个庄子的活他都接，包括红白事、清庄、镇宅、算命，等等。法家对《周易》颇有研究，黑子还特意从外地买回来一个超大的罗盘送给他。

黑子走进法家的商店，法家直接把钱拿了出来，六千块钱。法家去年嫁了小女儿，收了六万多块钱的彩礼，家里稍微宽裕些。法家说他要骑摩托去谢庄办事,得马上走,正好捎黑子回庄,黑子就和法家一道回庄里了。

到了庄口,黑子下了车,盘算了一下,还差一万四千块钱。时间也不早了,黑子看看手机,快下午一点了,去县城需要半个小时的车程。他还有两个小时的时间凑钱。

5

黑子跟妻子说好了,两点半的时候要把他的行李送到庄口,他直接坐车走。看着手里的钱,他想,年前还有几家说好了帮他凑钱,但他还没有去拿。接着,他在脑子里盘算了一下谁家最容易拿出钱,他时间不太够了,得直接去最有可能拿钱给他的人家,免得白跑一趟。

他首先想到的是宝仓家。宝仓是黑子的好哥们儿,从一起学秦腔开始,他们一直在一起玩了好多年。宝仓是庄子里年轻人的偶像,人很儒雅。他最巅峰的角色是韩琦,一把佩剑,一声幽怨,一次自刎,就俘获了所有人的心。《杀庙》是庄里的戏台子上最受欢迎的一折戏,每年都必须安排上,上演的那晚,戏园子里的人也最多。当年庄里的女人都想扮秦香莲,想和宝仓唱对手戏。

宝仓家的两个儿子都早早就成了家,也都很能挣钱。

宝仓的腿脚不是很好——那些年学戏时练翻跟头落下了毛病，他很多年没出去打工了，只在家里干农活。他喜欢养骡子，把两头骡子养得膘肥膘肥的。他的家境比较好，黑子就先想到了他家。到了宝仓家，黑子只见到了宝仓的老母亲，她说宝仓饮骡子去了，等会儿就回来。黑子抽了一支烟，见宝仓还不回来，就跑出去找，在门口撞上了宝仓。宝仓进门就给黑子拿了钱，还问够不够，说不够再拿点。黑子觉得不合适，拿上五千块钱出了门，接着朝着天帅家去了。

天帅是黑子的堂弟，比黑子小一岁，他们俩在同一年里各自有了第一个孩子。天帅喜欢喝酒，人仗义，但是心气高，起初的多年里，他都是和黑子一起出门打工的，干的是装修的活。

一九九六年左右，庄里人的房子基本都盖完了，家具也有了，木匠也只能给每家每户做个小凳子，或是修个猪圈，这样才能挣点钱，偶尔才会有做大方桌之类的大活，没什么好光景。于是稍微有些手艺的木匠都去城市里做装修了，多数人去了宁夏银川，没有手艺的刮大白，有手艺的装吊顶。那时候城市开始发展，到处盖楼，大批劳动力进入建筑行业，黑子他们当时便成了这个行业中的一分子，也就是人们所说的"农民工"。

黑子在这个行业一干就是二十年，用这个工作养活了父母妻儿六口人，还给两个儿子都娶上了媳妇。

而天帅没干几年就歇工了。他受不了外面那个气，老板、工头动不动就说工人做得不合格，要求返工，工人每年年底还要一起去找老板要工钱，如此种种，烦躁得很。所以他就在家接散活儿，虽然钱少，但不用看人脸色。天帅的手艺不错，活儿做得细致，在老家也很抢手，镇里有了店铺装修之类的活计都愿意找他，一来二去还发展出一支装修队，在小地方找到了自己的一片天地。天帅给黑子拿了六千块钱。

拿上钱，黑子赶忙奔去了养鸡场，场主银牛还欠他五千块的玉米钱，本来说好年前给，可是大过年的，找人要钱实在不好意思，于是就说好年后给。黑子跑进去后，见到的却是银牛家的女人。银牛前些年开了小卖店，很照顾黑子家，黑子买鸡蛋，一赊就是一年。后来小卖店生意不好，银牛转头开了养鸡场，禽流感那一年他赔了很多钱。黑子知道来这里就是碰运气，运气好能拿到一点，运气不好也没辙。听了黑子的来意，银牛家的女人说，这两年养鸡场还是没缓过来，所以黑子也没逼着要钱，转身就出了门。

还差三千块钱。

黑子寻思着，幸好多许下五千块钱，不然肯定凑不够三万块钱。眼看着等不到两点了，黑子直接回了家，打电话给跟自己一起干活的外庄亲戚魏强——外号麻钱，让麻钱拿着钱在他们魏庄庄口等他，去县城正好路过魏庄。黑子背上行李，跟妻子说了一声，就出了门，提前出发了。他走到庄口的时候，才想起来自己晒的那一挂鞭炮还没有放，就在这时，他听见庄子里扬起一串清脆的鞭炮声，回头一看，自己家门前升起了一股青烟。

在镇里车站等了十多分钟，公交车就来了。前些年都是私人的小面包车在跑这条线，"长安之星"居多，还有"松花江"，收费也比较乱。现在统一换成了公交车，定时定点发车，车费固定是五块钱，遇到天气不好的时候公交车会停运，私人车就又冒出来了。

黑子上了车，竟然遇到了嫁到刘庄、已多年不见的美芝，当年美芝和黑子一起学过戏，前年还趁过年回娘家的时候借走了《金沙滩》的戏本，到现在都没还回来。美芝嫁了个煤矿工人，没过几年矿里发生了爆炸，她丈夫被炸死了。这个女人愣是没有改嫁，一手把女儿拉扯大，去年女儿也出嫁了，美芝现在在镇里开一个麻辣烫店。

黑子问美芝这是要干什么去，美芝说去县里进货，美芝想起来没还的戏本，就说等有空了给拿回去，黑子说要那还有什么用，现在都不要那玩意儿了，你看现在的人都上网，谁还看咱们。美芝笑了笑说是的，现在也只有每年正月十五镇里的社火节，大家才把以前戏班子的衣服翻出来穿穿，而且参加社火节的庄子也在减少，说不定过些年，这东西都消失了。黑子说现在孩子都不回来了，都在外面生活了，咱们这辈人啊，就是这里的最后一辈人了。说着，车里的其他人也都跟着叹气。

车开过黑湾，黑子往窗外看了看，想起这条公路改线路的时候，庄里找他谈过话，因为规划的新路要穿过他三哥的坟地。黑子的三哥天生残疾，不能出去打工，一直娶不到媳妇，生无可恋，就上吊了。因为英年早逝，没有进祖坟，就埋在了这里。黑子当时找法家看过风水，问要不要迁坟。法家说，因为公路要把地基填高二十多米，那就让公路直接穿过坟地，把坟压在下面，这样人气旺，也让三哥热闹热闹。

黑子到魏庄的时候，让司机停了下车，麻钱如约拿着钱在庄口，可是只有两千块钱，麻钱说前两天老爹中风，送医院用了。麻钱以前是踩黄包车的，裆里都磨出茧子来了，后来也开始搞装修。记得有一次，他们死活拿不到那批工钱，就在工地上磨石头玩，做砚台、幸运星，没想到麻钱的天分很高，居然被师傅给相中了，收去当徒弟，麻钱便开始做起了雕刻的活。每次老板欠钱不给，麻钱去要总能要回来，因为他每次去的时候，都带着刀，你不给我钱，我要么砍你一下，要么砍自己一下。老板最怕这类不要命的狠角儿。

黑子拿上钱回到了车上，接着往县城走，一路上都在想，这剩下的一千块钱到哪里去寻。县里的几个亲戚这么多年从没借给过他一毛钱，他死活不想对他们开口了，越有钱的地方，人情越薄。

车到县城的时候已经过了两点半，外出打工的人都在街上溜达，这么多年了，黑子一眼就能看得出谁是要出远门打工的。他说，这些人藏着一股子下苦的劲头。

他在银行门前左思右想，不知道如何是好。看来今天这钱是还不上了，他想给儿子打个电话，可是儿子年前已经给家里汇了钱，再要钱就是给孩子添麻烦。这么多年了，家里的钱都是有多少支出去多少，每年都是带着一百块钱出门，买了车票就没有多余的了。

这次还赶上借钱出了岔子。黑子想来想去,看来只得缓缓再还了,还是先坐车回庄里,借到余下的钱再来。刚走到车站,黑子就碰见了张鹏程,他还带着几个人。张鹏程是黑子干装修时收的第一个徒弟。这小子上学的时候成绩是班里第一名,偏偏他爹觉得念书没什么用,不让他继续念了。初一退学后,他爹就给他娶了媳妇,第二年就生了儿子,没想到他爹第三年就走了。其实他爹知道自己得了病,才让他早些成了家。张鹏程现在是包工头,带的都是年轻人,他们接的都是大工程,使用的全是新型工具,装修花样层出不穷。他们还看得懂图纸,会用互联网进行宣传,深受客户的喜欢,在镇里的声望如同当年的铜钱先生。张鹏程给黑子点了烟,问师父是要出门还是要回家,黑子就直接向张鹏程张了嘴,说想借一千块钱,张鹏程二话没说,从钱包里拿出来一千块钱给了黑子。

6

黑子连忙去银行还了贷款,他从银行出来,走到汽车东站,到银川的车已经没有座位了。黑子打电话给老板,说已经没有票了,问能不能明天到。老板在电话中说,你要是今天不来,就别来了,这活儿很着急,你不来我就安排别人干了，本来你现在年纪大了，干活也不如以前了，现在还添了懒病。

黑子说，行，那我买个站票去吧。他买到了晚上八点发的车。

黑子在汽车站前的小吃店买了两个油饼，预备在车上饿了吃。

候车室的人太多了，他觉得味道太难闻，就出来站在停车场里透气。一眼看过去，乌泱泱的人，带着大包小包，一排排坐在一起，有去乌海的，有去东莞的，有去北京的；有的躺在行李上，有的聚在一起打牌，有的坐一块聊着天。黑子想起那一年，小儿子上初一上到一半就不想念书了，想去打工。他带着小儿子，迎着烈日，在汽车东站看了一下午外出打工的人，大包小包、川流不息，小儿子被晒得满头大汗。黑子说："如果你想打工，以后的几十年，每年你都会和他们一样。我这辈子打工打得够够的了。你再想想吧。"

小儿子回来就去参军了。

黑子说这一招是他上高中的时候学来的。那时候一周有三天是劳动课，老师常带他们去助农，在洋芋地、谷子地里干活，漫山遍野地修梯田。老师还把学校最好的历史老师和庄子里劳动最好的人互换一下,让庄里劳动最好的人在教室里给他们忆苦思甜。

后来,他把这一招用在了教育儿子上。

汽车开出车站的时候,黑子听到车站里的广播在播放安全通知。黑子想起上高中的时候,他写的文章还被广播站选上过,他从庄里走到县城去领稿费,走了六十里路,脚丫子都磨出了血。

黑子知道,这辆车会经过隆德县,路过三营时会停半个小时,他会在那里吃一顿饭。三营那个饭店的饭,他一吃就是二十年。

黑子兄弟几个之间很少相互借钱,虽然他们感情不错,但是几个妯娌之间的矛盾不少,所以尽量少点经济往来。

车上高速公路的时候,黑子来了睡意,因为没有座位,他就坐在走道中间,抱着头睡了起来。

一水洗百净

发呆或者偶有走神时,我眼前经常出现这样的景象:母亲挑着两只水桶从大门里进来,她迈进门槛的时候,桶里的水面会晃起来,我隔着窗看见——她的水桶里淀着两只月亮跌来荡去。水真清,清得像空桶。

天还没亮透她就要去挑水,我把下巴顶在窗沿上,看着院子的大门,等她回来。她回来之后,我才能再安心睡下,不然总要醒到天亮。有时候没月亮,我便拿着手电筒跟着她,把她脚下的坑坑洼洼全部照亮。

我四五岁的时候,母亲早上第一件事就是去挑水,就像是每天给全家输血一样。

母亲曾说,我出生前的那几年天运太好了,她半辈子没看到过那么大的麦穗和豆子,还有垂着头的谷子,没有人运气会这么好,后面肯定有大难。

时间不长,我六岁的时候,恐慌就来了,整个镇十九个庄子都缺水,病魔肆虐,牲口也死了不少。

苏庄向来以井水旺盛得名,外庄女子都愿意嫁到苏庄,苏庄的基因也因此优选进化得很不错,这个庄子的人不论是皮囊,还是财运、世运,都还说得过去,但那一年适婚的年轻人没人能讨上老婆。

母亲说,千想万想,想不到这灾是旱灾啊。

大人们下地干活，找水这件事便落到了我头上。粮食要种，耽误了时节明年就会断粮；水也要找，没水，第二天就没饭吃。每天早上我睡醒后就挑着两个空桶哐哐当当地去井边了，到井边的第一件事就是问谁排在我前面，确定下这个人，余下的时间就只能等待。可以通过水眼里冒水的速度判断是否要在这里继续等，还是去哪里玩一会儿再回来。我常常失算，很多次返回来时我的水桶都是满的，排在我后面的人会把我的桶装满再装他家的桶。

起初，虽然缺水，但还不至于担心取不到。几天过去后，形势开始严峻，一开始下四次桶就可以打满两桶水，到后来需要下八次桶才能打满水桶。大桶不好用了，井底的水窝变小了，只能用小桶。最后那段时间，都用上了小孩子平时当玩具用的红色塑料小桶，只有娃娃脸那么大，下桶十几次才能打满两桶水。

一段时间后，由于我常常是最后一个到的，在井边排队时，要等一整天才能轮到我，原来隔壁几个地势高的庄子里的人也到这口井边来取水了。苏庄的人说要拦住他们，不让他们来取水，这点水都不够自家庄子里的人吃喝，但也有很多人说，咱们敬同一个神、拜同一座庙，吃的都是龙王爷给的水，不能拦着。

要论在井边等待的耐心，谁都不如老人家，那些老人中的男人们带着烟袋，女人们带着零活，我坐在井边听他们聊天，听腻了就溜下坡，到水渠里去睡一觉，或者在水沟里挖红泥玩。人走完后，我在井外等不及，便沿着铁梯爬到井底。这口井的直径有三米，用水泥上了面，井底是泥，由于地势坡度的缘故，铁梯最下面的水眼里还有水，其余地方的水眼都已经不出水了。

那井底真凉快，一下去浑身像被冰包住一样。现在每每看到"被冰封而沉睡多年"这类的新闻或者电影故事，我总会瞬间想到当年在井底感受到的温度，每个毛孔、每根汗毛都会被触动。我沿着井边走上一圈，听见井里还有水滴往下滴答的声音，那声音动听极了，那是生命的迹象，是希望还存在的证据。那一刻我真希望突然在井底的某处发现一个水眼，水从里面咕嘟嘟地冒出来。

如果用舀子刮水，只能贴着井底刮，半舀子都刮不满。等几分钟刮一次，这样心理满足感会强一些，半小时后会刮到两桶泥水。井口若来人了，我喊一句，帮我把水吊上去，就会有人从井口放下井绳，把两桶泥水吊上去。如果上面没人了，我会把两只水桶摆正，把水桶的提手立起来，将井绳的一头拴在提手上，一头绑在腰上，先爬上去，站在井口把一只桶吊上来，再把井绳放到井里面，把钩子甩一下，勾到还在井底的那只水桶的提手。如果运气不好，提手被碰倒了，我会把井绳拴在腰间，再一次下到井底，扣上水桶，再爬上去把水桶吊上来。我也不知道自己哪里来的那么大的力气，能吊上去一桶水，估计靠的全是猛劲。那时候我的力气还不足以挑两桶水走回家里，只能等父亲或者母亲来井边挑，毕竟路上万一有个闪失，就白费了一天的工夫。

每每在井底抬头看见井口的那一方天空时，我总想起自己曾站在井口就能看见水中影子的光景，那时候这口井是危险的，水很满，大人都不让小孩子靠近，因为一不小心栽进去就会淹死在里面。那时取水也容易，把桶放到井里，再用扁担把桶打倒，一桶水就满了。而此时，我就站在井底，踩在井底的泥上，泥已经不是软泥了，它正在结块，正在发硬。

取到的两桶泥水，回家沉淀一晚后，都只剩了两半桶清水，只够做一顿饭的用量。那时候，人们喂养牲畜和自己洗漱全部都要用雨水，雨水也不多，近处的几个涝坝也干了，人们只能去更远处的大水坝里拉水。很多人家里挖了大土坑，坑里用塑料纸铺好，做成简易的水窖，能把更多的雨水保存起来。只不过塑料纸会导致水窖里温度升高，没几天水就开始发绿，有异味了。

一周后，井底的水眼再也不冒水，枯了，一口井成了废井。想从井底刮两桶泥水都没有了。

苏庄的一个傻子坐在井口不远处的麦场墙上说："龙王爷要惩罚这群畜生了，你们做了伤天害理的事。"

另一个傻子路过井口时说："你们干的那些脏事都被老天爷看到了呀，你们活该啊。"

一个疯子吸着鼻涕说："反正我要走了，你们就等死吧，你们这些疯子。"

每当他们说这些话的时候，所有人再也不像之前那么笑话他们了，也不赶他们，只能转过头来，唉声叹气。

井干了之后，家家户户都自找水源，很多人选择掘井，有人在自己家后院里掘，有人在某个隐秘的山窝窝里掘，有了多余的水也会给街坊四邻分一些。这时候我大伯便肩负起了让我们这一脉活命的责任，他开始带着我们去挖井。

我们跟着他到处探测，每到一处，就用铁锹挖一个坑，然后插上两根筷子，等半天后再去看筷子是否倒地。但在那半个月的时间里，我没有见到一次筷子倒地。直到某天中午，在一棵大榆树下找到了水源，我们打算干一场，争取当天就能挖出水来。大伯在开挖之前还抽了一锅旱烟，他对我们说："有命活了，有指望了！"我们挖了五米多深的时候，一个胖寡妇说："别挖了，这里的水是苦的。"她们家前些天在不远处的一棵榆树下挖了一口井。我们顺着她指的方向看到了那棵榆树，走过去，用桶吊水上来，喝了一口，果然是苦的，还有淡淡的煤油味。那口井的水是满的，水清得发青，寡妇说："牲口都不喝这水。"

在其他地方，也有很多人挖出了"苦水"。

恐慌的日子继续了几天，听说刘家庄的水眼突然旺得出奇，井里的水都快要溢出来了。

刘家庄是个很小的庄子，那里的人住在崖上，因为地势问题吃水不便，所以每家每户都凿了自己家的井，井上都装有辘轳。我们庄子里的人都议论："龙王爷今年住到刘家庄去过年了。"

决定去刘家庄取水的头天晚上，父亲把家里最大的一口缸搬到了架子车上，用麻绳在缸的腰部缠了几圈，然后把麻绳固定在架子车的四角上，并把轮胎放了一半气，防止太颠,又在四角放了四个铁皮水桶,还把家里所有的白色塑料方桶都找了出来,通通放在架子车上,做足了准备。

刘家庄进去容易出来难,不仅全是上坡路,而且路窄,刘家庄的人都不用车拉麦子,因为路不好走,他们只用牲口驮东西,全庄人都养驴,每头驴身上都有一个一人高的长条麻袋,驮东西方便。父亲还给牛加了料,想在第二天去拉水时让牛帮着拉车。

一切准备就绪后全家人都早早睡下,为第二天的"苦战"养精蓄锐。我们家有块地在刘家庄和苏庄的正中间,那块地最开始种的是谷子,谷子重,每年收割时节,用车拉谷子能把人累个半死,很多次我们都会在装好车后喊附近地里的人帮忙推车,这才能爬上那个山头。后来改种麦子,还是吃力,最后只得把那块地弃了。一车水的重量比一车谷子如何?比一车麦子又如何?那晚我翻来覆去地想了很多,还梦见我们拉着一车水在坡上不断倒退、不断倒退,怎么使劲推车都无法向前走。

对找到水的渴望和再次找不到水的惧怕、失落在我心里反复纠缠,我们已经被求而不得的水源折磨得精疲力竭。在田间任一个沟沟坎坎里都能发现凿了一半的井,之后的十多年中,我们放牛时、挖野菜时还隐约能看到那些被凿过的痕迹。一看到这些坑洞,我都会想起那种恐慌的感觉。若那时候我再小一点,就没有记忆;或者我再大一点,就有了韧劲和见识,也不会那么害怕。

第二天早上起来,我浑身酸疼,天气虽然阴沉,但天上飘的不是有雨的云层,我站在家门前遥望山头,山那边便是刘家庄,距离我们庄子算是近的。回到院子里,我发现父亲把缸卸了下来,他觉得路太颠,天气也不好预测,万一下雨,带着牲口反而添乱,缸也禁不起颠簸。

我们只保留了铁桶和方桶,牛也不打算牵了,父亲、母亲、弟弟和我四人就这样拉着车出了庄子,去刘家庄取水。

一路上父亲和母亲还盘算着刘家庄我们认识的人中谁家离山头近,想就近取水。早上大家都没有喝水,最近的饭菜里母亲都不敢放盐,晨起我连一泡尿都没有,感觉整个人都是干的,肠道里火烧火燎,如同眼前这座半年未见雨的大山,风一吹,表皮的枯草便带着土一起滚入空中。急切的心情让步伐也轻便了不少,我们很快就过了山头,开始走下坡路,父亲让我们三个一起坐在车尾,这样走下坡路车稳当,也好走,车太轻的话遇到坑洼会颠起来,轮胎容易从车架的轴夹里跑出去。

土路全靠一年又一年不断吸收雨水后被路人踩实才能保持光滑，时间太久不见雨，路面都变成了细土，一脚踩上去会发出一声闷响，像潮湿的鼓面。土飞起来，钻进身上、嘴里，撒得很均匀。把踩地的那只脚抬起来，脚印四周会有被气流冲击后的痕迹，很多更小一点的孩子会在路面上做游戏，一脚一脚踩上去，比赛谁踩出的冲击面更大。在路上走十多分钟，两个鼻孔就成了黑的，像插进了两根从电池上拆下来的碳棒。这时候如果跌一跤，整个脸就会埋进去吃一嘴土，牙被磕出血都看不出来，因为被土塞住了牙缝。

翻过山头，天气突然变好，太阳从云彩的缝隙里冒出来，阳光洒在山上，山体被照成了一块碎花布。转过一个山坳，我坐在架子车上看见了一支很壮阔的队伍，在目力所及的范围内，我们脚下的这条路上全是拉水的人，自动分成两路，靠右的一路是去刘家庄的，靠左的一路是从刘家庄出来的，这景象也只有在麦子成熟后去粮库缴公粮时才能看到。

走到那条路最陡峭的一段时，我们把车压倒，停在埂子边上，帮取水回来的人推车。第一家的车上是六个铁皮桶，那水清得能见到桶底，父亲说，刘家庄的水真清！

拉车的人说,刘家庄的人真是有福气。第二家的车上是两口大水缸,水都没装满,拉车的人说上坡时水太满就洒了,缸太能装了,两口缸能装五担水。五担水就是十桶,看着不多,但重量在。接着上来的第三家是我们庄子的人,他说:"刘家庄的水真多,这还急什么,把人都急出病了。早知道水这么多就应该晚上来,晚上多凉快,路上还没人。"

眼见日头马上上了山顶,此时的日光还脆弱,混沌着,温吞吞的,上来的每个人都一身汗,豆子大的汗珠子垂在脸上,干了便结成盐霜挂在脸蛋上。父亲提起精神笑着说:"这事情没法计划的,都是没办法的事,你以为是在自己家耕地呢,想几时就几时。"

后边上来的拉水车越来越密集,只要是不残疾、能走路的,都出来拉水了,谁家也没惜力气。

我们一家四口不能一起帮忙了,分开帮着推,推上去一个,立马下去推另一个,几十趟累得我坐在路边大口喘气,只要看见掌车的人拉着车,脚尖攀地,像牛一样往前蹬腿,我就立马翻身起来跑下去站在车后面,双手放在车架子上,使出全力一步一步帮忙把车推到坡上。我没有力气说话,大人们问我问题,我都来不及回答,到了坡顶喘口气时才能回答他们的问题——我是苏庄的，是谁家的孩子，是家里的老大。

遇到带了舀子的人家，我会拿起舀子喝一口水，大口大口地喝，终于可以尽兴地喝水了，终于不用一口一口压着嗓子喝了，那种感觉就像在旷野上看到一架无人的秋千，只要闭着眼睛坐上去，就有风帮我荡来荡去。这种感觉让我上瘾，从那以后，我上学时口渴了，就会在下课后跑出学校门口，问路上挑水的人要一舀子水喝。在庄子小学里上学的那几年，我都是这样喝水的。挑水的人总会放下担子，从桶里舀出水来给我，看我一口饮下，感叹："这娃咋这么渴？"

天气转好一点时，又有一批老人吆着牲口赶过来了，这些老人中有好些都是跛子，和他们打招呼时，发现还有耳背的。难以想象他们是怎样一瘸一拐地、吃力地把牲口从家里赶到这里的。他们从坡上下去，把牲口套到自家车前，一声不吭，又牵着牲口往家走，神情淡然。这个年纪的老年人见过的生死多得都不想说。

有了牲口拉车，便不用我们再帮忙推了，这时候我们一家四口才得工夫继续往刘家庄赶。一路上我们看到不少走在前面的人家遇到陡坡时也会停下来帮别人推车，还遇到了把缸颠碎了的,还有翻了车的,这些在平时都是件令人难过的事情,但在今天的这条路上,没有难过的人,都是又有好日子过的人。

再往下走,我们遇到一群年轻的女人,她们每个人都挑着两个塑料方桶,走得很轻快,不一会儿就走到好几辆拉水车的前面去了。路上有人说这群女子是镇里地毯厂的,人多就是好,她们这一人一担水,丝毫不费力,上坡速度快。母亲说:"还真不如挑呢,轻便,可以多跑几趟,拉个车哐当哐当的,累死人。明天没水了再来一趟。"父亲跟话:"能行,走小路,从咱们家门前那条道过去,一趟差不多半小时。"

父亲和母亲商量后便挑着四个塑料方桶去了刘家庄,把架子车、弟弟和我留在麦船叔家的麦场里。在苏庄和刘家庄之间坐落着几户苏庄的人家,我们管这个"小庄子"叫"独庄"。这几户人家的祖上是兄弟两人,听说是为了离庄稼地近一点,就搬到苏庄的山背面盖房子住下了。兄弟俩各自生了四个儿子,分家后形成了八户人家。这里宽敞,停车的这个麦场相当于我们家四个麦场那么大,麦场里还养着一条狼狗,拴在一根木榷上。我和弟弟留在麦场里,躺在玉米秆上睡着了,那一觉我睡得很香甜,头顶是蓝天白云，四周空阔，微风携着绿草的味道。麦场的围墙只到腰间那么高，躺在玉米秆上看过去正好和围墙外的田地平齐。我那一觉的时间有好长好久，似乎睡了几个长夜，睡得饱饱的，醒来发现父亲和母亲在吃煮玉米，原来是正午饭点到了，所以麦船叔端出了一盘子煮玉米让我们吃。麦船叔和我父亲起先都是木匠，曾经一起在行当里头找饭吃，后来麦船叔改行了，在镇里支起一架电锯，开起了电锯营生，我们家也经常把新砍的大树拉到他那里去锯。他的电锯支在倒闭的农机修理站里，在他的操作下，一棵大树半小时就变成了木板子。我经常跟着父亲去锯板子，我喜欢看锯末飞溅的场景，湿木头的锯末很大，锯起来声音不响，刺啦啦的，干木头锯起来声音震天，锯末飞得老远，木头的味道也更好闻。我最喜欢在锯完木头后跳进锯末坑里装锯末，用手捧起锯末，如同捧着雪花。如果需要电推刨推平板子，木头被圈起来的刨花就更好玩了，宽窄不一，上面还带着树的伤疤，就像被火烧出来的一样。有时候还会产生几十米长的刨花，似彩带一般，挂在家里的墙上便是上好的艺术品。

在吃玉米的间隙，我听到麦船叔说国家要给我们这里的人每家每户造一眼水窖。

父亲说:"方桶太重,把一根扁担压折了。"母亲回应:"我说装半桶!半桶!你干啥事都这样!说不动!脖子一拧,犟得很,就是个牛。"我看到放在架子车旁边的四个塑料方桶里都是半桶水。

父亲继续说:"还是得用车去拉。"麦船叔开玩笑说:"拉吧,拉到我们家来,放我们家,不用拉回去了,那么远。"父亲接话:"你想得美得很。"麦船叔说:"我天一麻麻亮就去挑了一担。"父亲问:"刘家庄的井咋就开始旺了?"麦船叔回:"雨还有个大小,风还有个疾缓,人还有个顺逆,这水也有个脾气。"

吃完玉米,我们拉上车进了刘家庄,庄子里已经没人取水了,早上的一拨人已经走完了,傍晚天气凉快下来后,还得有一拨人来取水。我们就近找到一口井,母亲走到里面去喊人,出来一位姨姨,和母亲年纪相仿的女性我们都叫姨姨。

姨姨说:"用辘轳直接下桶。"母亲说了好些感谢的话,那位姨姨讲:"苏庄的那口井都干了,这老天爷不晓得要做啥。"姨姨继续说,自己前些年也去苏庄的那口井里拉过水,苏庄的井就在马路边上,大型卡车都能开到井口，一拉一大车，拉到刘家庄这个庄口的山头上，他们再一担一担地挑回来。

父亲用井辘轳吊水，咯吱吱，吱哇哇，辘轳上的井绳一会儿缠满，一会儿又散尽，姨姨说："一看你们就不经常用辘轳。"她上前去，下了一次桶，那辘轳直接像螺旋桨似的飞速旋转，几秒就把桶下到井底了，姨姨说："空桶摔不烂。"

一桶桶水从井口吊上来，直到把车上的桶全部装满，姨姨才说："我帮你们掀到坡头上，这俩小娃娃一看就没劲。"

出了庄子口是一段平路，我们走得安稳，路边的草被风带得气质昂扬，我的心里也畅快了。快到麦船叔家前的那段坡道时，两个轮胎在一道排水沟里陷住了，母亲在左边使劲推了一把，右边的车轮子就掉出了车夹子，父亲到右边想把车轮子装进去，刚抬起车架子，车后面的挡板就掉了，两个铁皮桶瞬间溜了下去，水泼到了路面上，眼看着被土一下子吸没了。那一刻的景象我很熟悉，就像我平时站在埂子边上撒一泡热尿，瞬间就不见了踪迹。大地的干渴要比人还严重。

母亲看看父亲，父亲看看我和弟弟，我们一起低下头,都不知道要说什么,没什么可抱怨的,车上还有水,就是好的,是顺意的,是吉祥的。

我们继续走,使尽力气,一步一步加着小心,每个人都陷在自己的沉默里,时间被拉得很长,走了很久才走到麦船叔家,把放在那里的几个半桶水架上车,然后上路了。我们走在回家的那条干涸的路上,一寸一寸往前挪。

进了庄子口,母亲说:"水够吃三四天,吃完了我再去挑。"父亲没说话,我和弟弟也没说话。

母亲说完这句话,就像又回到了从前——她每天早上起来去挑水的日子。

之后的一个月,母亲每天都会去刘家庄挑一担水回来,都是傍晚在地里干完活后,顺路去刘家庄一趟。

麦子打穗的时节,雨来了。几场大雨下来,整座山变了个样子,空气里的味道也变得陌生。这雨也激起了我的遗忘之心,在井边等水的那种提心吊胆的紧张死去了。

那一年的麦子没有长起来,麦秆矮小,颗粒瘦瘪,住在苏庄低处的人吃的那一眼泉最先有了水,接着牲口喝的另一眼泉也有了水,我们经常取水的那口井里的几十个水眼也开始出水。起先我每次去看都胆战心惊，生怕第二天又没水了。每当看到井水在铁梯的第七阶下面时，我总是要担心一下，持续十天后，我发觉担心是多余的，每到晚上，井水就突突地往上涨，站在井口，我又能看见水里倒映的月亮了。

水窖项目落实到每家每户，一车沙子，一车水泥，送到家门口，之后家家户户都在门前挖了水窖，院子都用水泥铺了。每次下雨，我们都高高兴兴地赶回家把院子清扫一番，好让雨水干净一些，等雨水把院子里的那一茬土冲走，父亲便会披着雨衣去院子外面，掀开往水窖中引水渠上的那块砖头，让雨水流进水窖里。

再没人提过缺水的事情，再没人聊过在井边等候的日子，就像没人会提刚去世的人一样，大家都怕了。

这种怕，大家嘴上不说，心里却都担心，怕那缺水的日子会再一次到来。

第二年，天热起来后，井里的水还是那么多。我每次路过井口时，都会往里望一望，去望水，也是去望一种安宁。有水，日子就美滋滋的。

"所以说，真的有老天爷。"信了，大家都信了这话。

"你们苏家的井也有干的一天！"服了，大家听到这话也服了。

那年我跟着从部队转业到县印刷厂上班的二哥到他们单位玩。那是个周六,他站在水房里洗衣服,四五个盆依次摆开,好几个水龙头同时打开,巨大的水声如同暴雨。洗衣服变得那般简单、轻松,没有负担,无忧无虑,不用担心没有水,不怕水不够用,还可以漂洗好几次。我站在水房门口看得出神,觉得自己很小很小,井底的那一方天空也很小很小。

几年后我去镇中心小学上学,担任班里的生活委员,排值日表时多出来一件事情——每个班要安排六个学生负责每天早上帮三位老师抬水,那是老师一天的生活用水。我以前读的初小[1]就在庄子的井边上,老师们都自己顺道取水,所以之前没有遇到过这个问题,毕竟在那个学校就近取水还是相当方便的。镇中心小学却是个取水特别不便的学校。

学校在山顶上,打出来的井没有水,只能每天去下面的庄子里取水。学校和下面的一个庄子有协议,打一桶水收一张水票,不论谁家都可以卖水给学生,学校每学期结束时按水票付钱。我不喜欢上早操,于是每天去

---

1 初小:初级小学的简称,即小学一至四年级。

给老师抬水，就当是锻炼身体，还能借职务之便逃掉上早操——抬水可比上早操有意思多了，只是遇到大雨、大雪天会遭点罪。老师们一般会把自己的水票放在窗台上，山顶风大，得用石头压着，水桶放在门口，早操时我们便拿上桶、杠和水票，进庄子去取水。

庄子里有十多口井，每口井每天能取到十桶水，它们不是大井，所以水量有限。单身的老师一桶水就够用一整天，一家三口需要三桶水，喜欢干净的女老师一天可能需要四桶水，周末若学校的水窖里没了存水，老师们便会集资买一大车水拉到学校洗衣服用。我平时会根据老师门口放桶的数量来调度取水的人数，遇到雨雪天气，原本两人一组会增加到三人一组。也有出"事故"的时候，比如有时候有人滑倒后把桶摔破了。庄子里的井主会帮我们吊水，不让学生靠近井边，每天早上那半个小时他们都会在井边等着，过了那个点，他们就要去下地，井便上了锁。有段时间，学生们发现镇供销社的院子里有口井，无人看守，大家就去那口井里抬水，顺道可以在街道上闲逛一番。纺织厂里有条狗每天早上起得很早，听见学生胡乱吵闹就回追上来吓唬人，看谁不好好走路，拿着木杠乱抡，那条狗就会冲谁吼。这条狗维护着清晨街道上的安静。

一年后,我读六年级,教室是暑假刚盖好的,地面没来得及整理就开学了,时不时有同学被地上的坑绊倒,班主任决定平整一下地面。整地我们都见过,先用水浸透了,再用石夯捶平,凝固一两天就好了,做起来很简单,学生们自己就能搞定。班主任把这个任务交给了我。我熟悉我们庄子的同学,就咨询了谁家有我们平整地面需要的工具,安排他们带来。我们班有十来个同学都是我们庄子里的,人多,解决了一个大难题,余下的就是水的问题。思来想去,我决定把同学按就近原则两两分成一组,每组领一桶水的任务。于是全班就有了三十个两人小组。

那天下午放学,班主任刚布置完作业,我就站起来宣布组队的情况,宣布完名单后,有人提出了异议——同组的两人距离太远了,他们是一个庄子的,但两家离得确实很远。于是我做了调整,把大部分的活派给了男同学,男同学力气大,总能有办法。调整后发现水多了几桶,因为有的男同学可以每人挑两桶来,还有些同学在镇子里有门路,也可以挑两桶。我们庄子里有几个男同学,支持我的工作,也都每人认领了两桶。能挑起水的同学都知道，挑水走路比抬水要好走很多。但整地那天还是出了点岔子，我对水量预估得不够，最后有两米宽的地方浸不透地面，眼看快到了放学的时间，大家从午饭后一直折腾到晚饭时分，还没整完。如果第二天再整又会耽误一天时间。就在我不知怎么往下进行时，刘家庄的一位同学对我说，他知道一条通到他们庄子的近路，挑水来回一趟二十分钟就够了。我知道学校离刘家庄近，却没想到还有条近道，这条路解决了大问题。我们庄子里的男同学起头，带着其他十二个高个子男同学，每人挑着两个桶去了刘家庄。看着他们走出学校门口，上了山顶，我的心却还是一直悬着。

刘家庄总是在我需要水的时候拯救我。刘家庄出了很多大学生，一大半进了全国知名院校，有人说是因为"他们庄子里的水好，所以风水好"。

那天同学们顺利取到了水，教室的地面平整也完工了，只是第二天刘家庄有一位老人家来找校长，说学生踩坏了他们家的胡麻苗。班主任找到我们，我们才知道那条近道是从一块地里穿过去的，同学们犯了懒，是沿着地的对角线走的，被老人家发现了，最后班主任赔偿了老人家二百块钱。

这之后，我和水再也没发生过很紧张的联系。镇中学有井，去县里上高中更不缺水了，县城所在的那个镇随处挖一个坑都能挖出水来，也早就通了自来水。

高中一年级第二学期的一个周六，我回到苏庄，赶上苏庄接自来水管道，每家每户都要去一个人，我便去了。水管已经从水坝接到了苏庄对面的那座山上，埋管道的坑都挖好了。我跳进去，坑的深度差不多是我身高的两倍，我们把一人粗的管子放进去，一节一节地套上，在上面铺上保温材料，然后开始填土，从早上干到了晚上。第二天我才回学校。

一年后的夏天，也是一个周六，我回家想去打水洗衣服，父亲指着墙角里不起眼的那个水龙头对我说："自来水通了，你拧那个水龙头就行。"我跑了过去，拧开水龙头，管子里先是嘶叫了一声，像有人被捏住了嗓子，而后扑哧一声笑了，水哗啦啦地冒了出来。我捧起水，送到嘴里，忍不住感叹这水真是绵软，然后我脑海里突然冒出庄子里那口井的样子，转过头问父亲还有人去井里挑水吗，父亲说："哎，有些老人早上起来熬茶还是喜欢用井水，那井现在被收拾得干净着呢，井口建了个栏杆。"

周日我坐上公交车回学校，车开得很慢，留足了时间让我四处张望。到了刘家庄的庄子口时,我看见一位妇女挑着担子,前后两个框里分别装着一个冬瓜,冬瓜上面沾满了泥巴,司机认识那位妇女,便好奇地停下车问她:"冬瓜怎么这么大?"妇女说:"在一个水穿洞里发现的,大得很呢。"司机继续问:"全是泥,脏得很,怕是不能吃吧?"妇女讲:"哎,一水洗百净,咱们都有自来水了,多洗几遍就行。"公交车上的人都笑了,车又开了起来,一路走过了十多个庄子,我就在车上想,这些年我们和水打过的交道还真是不少。

这就是我和水的一些往事,也让我养成了现在的一些习惯,比如手边的水杯得是满的,家里的饮用水得是足的,不然就会有一丝丝的心慌。

这风尘仆仆的跪倒

我一直在寻找母亲、父亲的过往,也一直在寻找我和村庄、家乡的关系。这之间,有些事情并不那么明快欢乐,而是带着繁芜和苍凉,我需要用一生去回应,用一世去梳理。它们就像深夜里突然吹进窗来的风,能吹醒人,也能把人吹病。这扇窗总有关上的时候,但这些风总会在不经意间向我吹来。

摸奖

父亲那天并没有打算带我去县城。

一大早他就在刷皮鞋,我还没有从被窝里出来,趴在炕头上就闻到了臭味,随着父亲手里刷子与鞋的不断摩擦,那股臭味变得香甜起来。一直以来鞋油的味道就是父亲的味道,在我心中始终如此。

母亲问:"你去多久回来?"父亲说如果能赶上下午三点那趟班车,四点就能到家了。母亲说:"带上大儿子吧,他这么大了还没去过县城呢。"父亲说:"还小吧,才六岁。"母亲说:"车票不要钱,你带他吃一碗炒面吧,他一个人吃不完,你俩吃一碗就行。"父亲看了我一眼,那眼神像刷子一样。我觉得自己好像被刷了一下,整个人像皮鞋一样被父亲眼神中的毛刺掠过。

我继续趴着。太阳照进房间,在地面上投出一个长方形,父亲把皮鞋放进这个长方形里,我看到皮鞋慢慢变软了。

父亲喝完早茶,把脚塞进鞋里,我抬眼看见他脸上有种满足的愉悦,我说:"爸,是不是很暖和、软瘫?"

父亲没说话,点上一支烟,看了看放在桌子上的提包,又一次拿起抹布,开始擦这个黑色的提包。我偷偷翻过他的这个提包,里面有油彩的味道,那些年他在秦腔剧团时用过这个包,所以包被浸染了油彩。母亲又说:"你带他出去一趟,说不定以后还要靠他闯世界呢。"父亲说:"看他那额头,窄得没有二指宽,没什么指望。"母亲说:"这里是我昨天去集市上卖了四捆麦辫[1]得的两块钱,县城里正在开交流会,听说能摸奖,你带他摸一把。"父亲说:"摸个屁,别瞎球胡闹。"母亲说:"你窝囊,别让儿子跟着一起窝囊。"这时弟弟被他俩吵醒,睁眼看着我,我伸手合上他的眼睛,想让他接着睡,手一离开,他就又把眼睛睁开,他的眼睛实在太亮了,都映出了屋顶的样子。我把手伸下去摸他的小鸡仔,他"哇"

---

[1] 麦辫:用麦秆编织成的草辫子,可用来加工成草帽等。

的一声从炕上跳了起来。

父亲喊:"别团了,铺盖都被你们团烂了,烂了你们睡光炕啊。"父亲的言语总是让人看不到希望。母亲说:"你别说娃娃!"母亲又说:"你带上他,他还活泛[1]呢,还没开始活人呢,被你给说死了,一辈子。"父亲说:"跟我一样,没啥出息。"母亲说:"我指甲都泡瘪了,你还有脸说,娃拿的是我的钱。"

父亲再一次用刷子一样的眼神刷了我一下。母亲说:"兴许这小子运气好呢,我听说一等奖是一辆汽车。"接着她又补充道:"他摸到一块肥皂就行,你别指望走什么大运。"父亲说:"我从来就不信运气,这么多年也没指望啥,再说了,我身上也一直没发生啥天上掉钱的事。"母亲没说话,转眼看向屋顶。我追着她的目光望过去,看见椽缝间的蛛网已经落了尘土。

母亲的眼睛看了回来,想对父亲说什么,又嘴唇一颤,收住了嘴,就像突然停住了一个要打的哈欠。一只蛾子飞过,她双手一拍,蛾子就死在手里了。我看到她弯曲的中指,那年她割苜蓿时不小心在中指的关节处剁了一下,为了省钱,自己胡乱包扎,没去就医,手指长好后

---

[1] 活泛:此处意为活泼机灵,形容小孩子灵活好动、有活力。

就有点朝手心的方向弯了。

我熟悉母亲手上的每一个伤口,每一处都长在我的心上,每添一处新伤口,我的心就又被拉开了一道口子。

父亲还是没有同意带我去,他是个极度厌恶麻烦的人,能省就省。后来我曾反观他的一生,如果他能选择,我甚至觉得他会选择放弃这一生而不过活。

太阳在渐渐消失,起了风,云彩从北边爬上了房檐,我站在房檐下,想起爷爷说的,北边上来云彩,来雨可了不得。不一会儿云彩就很厚了,大门口对面那个山头上卧着好多黑云。我跑进屋里,对父亲说,要下雨了,穿上雨衣或者带把伞吧。

我进去的时候,父亲正打开那个常年上锁的三屉柜找东西,我曾偷偷打开过这三个抽屉,中间那个放着家里所有的证件;左边那个放了一些比较值钱的工具和收藏品;右边那个放着父亲多年的记账本,有好多种账目:家庭花销、人情花销、农务花销,等等。父亲没抬头,说:"好,你也穿上雨衣,咱们一起去。"我说:"这都要下雨了,要不你也别去了吧。"父亲说:"得去,不去不行。"

我和父亲站在班车停靠点等车过来,父亲看上去冷冰冰的,我们两人中间隔了很远,路面上新铺的石子踩上去有点松动,发出哗啦哗啦的声响,石子路上偶有积水。班车会在早上八点到达镇子上的车站,八点半再发车到县里。泥土的味道好像是从山另一头的屠宰场里飘来的,咸湿腥臭,和眼前山尖上正在滚动的黑云掺和到一起,让人窒息。班车在镇上的车站时已经装满了人,到我们等车的地方已然没有空位,我们站在车上,一路穿过云雾到了县城。始终没有下雨,我衣服上的毛球却结了很多水珠,用手扑几下,水珠破在掌心里,冰透了,肚子也发胀,如同吸了夜晚的冷风一般。

我们从车站出来后,父亲没有说要去哪里,我像影子一样跟在父亲身后。父亲的身上总透着一股很厌烦的情绪,我怕被他随意一丢,就没了去处。

从热闹的街道穿过一条充满尿渍的窄巷,到了一条冷清的大路上,我们继续往下走。父亲说:"这川里没下雨,山上肯定下了。"县城是在川里,地势较为低平,这里有一条河,现在干了,河面上全是沙子。人们修房子、盖猪圈、铺路,都会铲河道里的沙子用。我跟在父亲身后,走到一道桥的中间,看见不远处的河道里人潮涌动,黑压压一片,各种声音串在一起,还能听到放炮声、叫卖声,以及马戏团表演节目的声音和功放机放音乐的声音,父亲说:"那边就是交流会了。"

在别人的描述里,每年两次的"交流会"甚是热闹,天南海北的好玩意儿都会运到这里,凑在一起,营造出一个吃喝玩乐的天堂。那些年,每家每户的衣服都能在这里添全,还能置办置办锅碗瓢盆。也能在这里一次性备全家里一年要用到的各种调料,还能买几麻袋大枣、核桃、瓜子之类的干果,以及全新的被褥床单。我问父亲:"咱们买什么?"

父亲没有理我,继续往前走。我们从医院正门口进去,从最中间的一条路穿过整个医院,出了后门,来到一栋很破旧的楼下,纯水泥抹的墙面上没有贴砖,因为常年受潮,上面有一坨一坨的霉渍,父亲让我在楼下等着,他上去说会儿话就下来。我在外面仰着脖子盯着父亲的方向,他走楼梯时脚步很重,楼梯发出扑通扑通的声音。父亲上到三楼后敲门进去了,我就在楼下靠在墙上看天空,天空被楼夹出一块灰色的窄条,纹丝不动,没有风,没有云,也没有鸟鸣。后来我才知道父亲是去找活儿了,他想看看春节后哪里有活儿干。

父亲下楼后,我们从医院原路返回,又走到那座桥头,就近走进了一家面馆,父亲问我吃干的还是汤的,我要了汤的，父亲要了一碗干的。吃面的间隙，父亲还是没有跟我说话，脸上依然愁云密布。吃到一半，父亲突然说："要好好念书，不然以后下苦都找不到地方。"说完，他又沉思什么去了，眼里空荡荡的，好像整个人都和这个世界不相干了，只留下我。六岁的我看看桌子上的面和店里的人，默默地听别人说话。我想，我看到的世界和父亲眼里的世界肯定不一样。

那时候，我国西部的建设还没有开始，父亲之前靠当木匠为生，农庄的人家基本都盖完了房子，家具也开始流行买现成的，他找不到活儿干，在家里闲着，一待就是半年。他经常一吃完晚饭就钻进工作间里，一忙就忙到十二点，做一些小的椅子、凳子、炕桌。原料都是父亲平时收集来的，他在这里捡一块木料，到那里砍一棵树，材料有些捉襟见肘，勉强凑出来了十多件家具，都上了漆。父亲闻不得油漆的味道，一闻就会连着十多天气喘急促，所以他只给家具上了腻子，我帮着父亲涂上最基础的一层亮漆，放在院子里晒干后再喊我三哥来漆。三哥是我二伯的儿子，后来成了很厉害的油漆工。彼时三哥的手艺还不行，漆的花朵都不好看，父亲便用砂纸打掉，用花纹木板包了面，再上亮漆，然后拿到街上去卖。没想到这种简洁的家具很受欢迎，当天就全部卖掉了，还接到了几十个炕桌的订单。他便开始在家里做炕桌，有些还用瓷砖镶面，很重，很难端起来。这些炕桌从十二寸到四十寸不等，大大小小摆满了一院子。一个炕桌一家人能用一辈子，所以这营生也不是长久之计。父亲心重，容易挂脸，一有事便满脸阴霾。

我没有吃完那碗面，父亲说："你这饭量，以后吃不了苦，多吃点，才有力气下苦。"他把自己的那碗面吃完后还喝了一碗面汤。在饭店里，每隔几分钟总能听见河滩上的鞭炮声。面馆里的人说，如果只放一挂，就是开出了三等奖，是大彩电；连续放两挂鞭炮就是开出了二等奖，是洗衣机；一等奖是面包车，开出来了要连续放三挂鞭炮。听到鞭炮声，每个人脸上都满是开心，好像自己也摸到了大奖。还有人说，如果摸到了不想要的东西，可以直接兑换成钱。他这句话击中了我，一等奖相当于三万块钱。很多人手里拿着彩券，坐在面馆里拆。我仔细瞅那彩券，它只有扑克牌大小，下面半截可以揭开，里面是奖项。有人说自己这次只买了十多张彩券，一张彩券两块钱，中不了就去买一百个套圈试试，套几个脸盆走，不然就亏大发了。有人打击他，说脸盆也不是好套的,别以为那玩意儿简单,那圈轻着呢,扔不远。

我跟着父亲从面馆出来,我心里开始充满急迫,是那种想发财的急迫,想一下子就冲到河滩里去。父亲带着我先在河滩外圈转了转,看了所有帐篷里的东西。一个帐篷就是一个摊位,就是一种营生。记挂着摸奖,我对这些东西就都没了好奇,一直往里圈张望,那里人挤人,声音杂乱得像猪圈。后来我们进了里圈,里圈用竹板搭了架子,想进去要上台阶。马戏团、摸奖的、唱歌的都在这里,干净了不少,鞭炮的味道异常刺鼻,人们脸上都洋溢着异常的光彩。排了几分钟队,轮到父亲和我摸奖了,摊主是个男人,清瘦,一脸疲惫。前面的人都在一个红色脸盆里摸来摸去,轮到我们时脸盆里只剩下四五张彩券了,男人转身抱过来四个新盒子,说:"直接从盒子里摸吧,你们运气好,赶上了。"接着他打开盒子,是满满一盒子的彩券,他说:"这一盒是一百张。"我觉得这下肯定要摸到奖了——这是新的,都没被人摸过,里面定有大奖。父亲让我先摸,男人说:"小孩子手气都好。"父亲接话:"看他能摸个什么。"我从左往右看了一遍盒子,把手放到正中间,觉得不行,又把手挪到最左边,抽出紧挨着盒子外壳的第一张来,父亲上前从中间抽出一张来。摊主问："现在拆，还是你们出去拆完再回来？"我看看父亲，父亲回答："拆完再回来。"

我跟着父亲出了河滩，手里面捏着那张彩券，满手是汗。我太使劲了，那张纸已经快被我的汗浸透了，我便换另一只手捏着。走了好一阵儿，因为心里紧张，我脚底很快有了疼痛感，还两腿发酸。我以为父亲还有其他事情要办，便跟着他一直往前走，走过服装市场门口，又走过五金市场门口，父亲突然回身说："看看你的，中了没？"

我把彩券送到父亲手里，他背过身去，撕开，我站在他背后，盯着他的脖子等着。父亲的背影第一次像一堵墙，挡住了一切。我觉得那一刻很长，越过父亲的肩头，我什么也没有看见，他并没有转头看我，直接对着眼前的街道说："摸了个屁，哈哈哈！"

今天，他第一次发笑，笑得很轻松，笑得没有一丝他意，而我心里却腾起了一股怒气——期待落空了。在我眼里，街面上的人像一下子被风刮走了，独剩我一人站在街上，只有天空还阴在头顶，纹丝不动。

我站在原地，愣着，父亲已经走出去十多米了，他回头喊："走啊。"

我追上去追问:"你的那张拆了没?"

父亲从胸口的兜里掏出彩券,撕开,说:"一样,是个屁。"然后他把两张彩券叠到一起放进了胸前的口袋,对我说:"回家吧,早点去车站,车还有座位。"

班车上了山后,从省道转进乡镇公路,雨丝弄花了车窗,班车里面塞满了大家买的东西,因为怕下雨,都没有放到车顶上。没有人说话,车一开起来,人就乏了。父亲把黑色的提包放在腿上,伸直脖子闭眼坐着。有人说:"看来这山上下了雨,县城里雨倒是没下来。"另一个人接话说:"县城要是下雨,我们就白来了。"

回家后,母亲说:"你们出去不大一阵儿,雨就泼了下来。"我抬头看见椽间的蛛网已经被雨打落了,那只大蜘蛛不见了踪迹。我对母亲说:"县城里一点儿雨都没下。"

过了一会儿,母亲追问:"摸奖了吗,摸了个啥?"我回她说:"摸了个屁。"

很多年后,我又打开了父亲的抽屉,翻了翻他的账本,在里面看到了当初摸到的两张彩券,一张确实写着"谢谢惠顾",另一张却写着"六等奖"——一块肥皂。

父亲的信

我年少时失去过母亲,是心理意义上的失去。

在很长一段时间里,一闭上眼睛,我总会看见右脚上破了的布鞋,以及晾在外面的大脚趾和二脚趾。

当时,我上小学五年级,正站在此生第二个认定我能成就一番事业的老师面前,他姓孙。与此同时,第一个认为我是个人才的张老师就坐在孙老师的旁边。他们端着茶,手里拿着白面馍馍,正在吃早饭。他们两位都是数学老师。多年后,我的数学成绩总是在及格线上徘徊,每每想到这两位老师,我总是觉得很抱歉,辜负了他们在我毫无自信的年纪给我的巨大鼓励。

我的一年级到四年级是在庄子里的初小读的,五年级才到了镇中心小学上学,那位张老师是我三年级和四年级的数学老师。不知道什么缘由,那几年我就像被赋予了某种天分,每次考试数学都能拿到满分。这天,在张老师来拜访孙老师的间隙,他说起了我这个得意门生,孙老师便把我喊到他办公室里,想瞅一瞅,瞧一瞧。

那天我穿着两腿全是泥的裤子,因为前一晚帮父亲挑泥去了。父亲需要用泥抹平碾麦场的围墙,然后才能碾麦子,不然墙上的土容易掉下来,土如果混进麦子里,又得扬土。这围墙每年冬天都会自然裂开,只要有缝,我们立在墙根聊天时总会忍不住去掰,上瘾一般,每次掰下来一块土后,我都在心里立刻发誓再也不掰了,结果第二天还会接着掰土,我们会用这土块打树上的鸟玩。到了秋天一看,墙上的泥面已经被掰掉了一大半,这一圈墙的命运似乎就是这样,年复一年。

我们家的麦场在一条庄道上,为了让牲口的蹄子不把麦场中间踢出虚土来,我们在围墙外面留了路,但牲口不喜欢走,还是继续昂着头从麦场中间穿过去——牲口其实也喜欢走近道。年岁久了,围墙外面的路成了排水沟,雨水带过来的种子都在这里落了户。草长得很凶,有膝盖那么高,路不见了,这里成了草丛。猫藏在里面,狗也窝在其中，连路过的乞丐都觉得舒坦，会住上几天。后来那里无端长出了两棵杏树来，被我们移栽到了更开阔的地方。

每年用泥抹这堵墙成了我家的惯例，这个过程中，我的衣服鞋袜不免会遭殃。裤子上的泥是能被老师们看见的，其实还有很多他们看不到的，比如我鞋底的洞。我左脚的布鞋后跟处被磨破了，如果上学路上有石子，脚就会遭殃，我每天回家都得把鞋子里面的土往外倒一倒。鞋底也越来越薄，路上跑得快一点的话，脚会被震得发麻。所以每天做早操时，我宁可打扫卫生，也不想去做操，因为跑多了脚会疼。

孙老师上上下下、仔仔细细地看了我一遍，眼神很复杂。开学才一个月，我们这些从庄子里升上来的孩子和从镇中心小学里直升的孩子还没有正式较量过。在他心中，我们庄里来的孩子还没有分量。关于孙老师，我是早就听过的——张老师请大我们两届的学生回来给我们讲过他的事情。在学生心中，孙老师特别有本事，但对学生很严苛，大家都说不交谁的作业也不能不交孙老师的作业，他有一千种让学生难受的方法。每年小升初的前三名都是他的学生，而且这前三名能一直稳坐到中考。

此刻，孙老师看我，我也看他，他看人是瞄着看的，我很反感这种眼神。张老师一直没开口说话，带着满脸的笑容坐在那里，似乎是把一切都交代完了，正等孙老师在我身上发现什么秘密呢！张老师是我们庄子里的民办教师，虽然不是正式编制，但人好，教学能力强，在我们心里是天才一样的人物。他哥哥是我们学校的老师，某天突然疯了，他就来替他哥哥来教我们。至今，张老师都是我心里最认可的"人民教师"。孙老师把我看了一遍后说："听说你动手能力很强。"我一时没反应过来他说的"动手能力"是什么意思，不知他指的是开学那天我揍了我们班长，还是说我平时喜欢瞎鼓捣。被我揍的那个班长是镇中心小学直升来的，开学当天有两个班还没有分班，他便被老师指派为代理班长，带领我们擦玻璃。但他只让我们这些庄里来的同学擦，从镇中心小学升上来的同学却在玩游戏，后来他还让干活的女生站在男生的肩膀上擦高处的玻璃，我就和他理论了几句，他大声喊："这个人想当班长，这个人想当班长。"我一时有怒气，上去就给了他一脚，他瞬间反了，爬起来也没还手，拍了拍土走掉了。我看了一眼张老师，张老师说："我和孙老师说了，你是我最看好的学生，你要争气啊，别丢我的面子。"我听到这话，心里一紧，两脚发痒，用脚趾头抓了抓地，却发现右脚上的鞋帮子和鞋底的缝合处裂着口子，因为没袜子穿，大脚趾和二脚趾都晾在外面，像两条跳出涝坝的泥鳅，光溜溜地垂死挣扎。这双鞋子可能早就裂开了，因为我没有弯曲过脚趾头，所以没发现。

孙老师和张老师的眼睛像追光灯一般追到了我的两根脚趾上，又迅速抬头看向我，他们尴尬地喝着水，无所适从地扭过头，不知如何是好。张老师急忙说："你窗外的那几棵牡丹长得很大。"孙老师回："前校长种的，现在他调到县一小了。"孙老师让我回教室去，他和张老师要再聊一聊。我掀起门帘出来的那一刻，听见了他们说话的尾音，是张老师的声音，他说："这孩子的妈妈两年没回来了。"

是啊，我母亲生病，家里无力治疗，她便去了辽宁的姐姐家。这年开学，我第一次没有新衣服穿。到镇中心小学报道的那天，老同学们都穿着新衣服。

母亲刚生病的时候，每天晚上都会头晕、犯恶心。一次全家人都在看电视，母亲出去吐，吐完都起不了身，是父亲把她搀回房的。父亲搀着母亲到房檐下坐着透气，房间里的电视机正在播放搞笑的电视剧桥段,我和弟弟正开心地笑着。母亲被搀着躺下,父亲说关了电视机睡觉吧,母亲不让,说还是让孩子看吧。我和弟弟还沉浸在电视剧那一幕接一幕的搞笑片段中,我们捂着被子笑,母亲说:"你们还笑,你们就快没有妈了,没了妈,你们就成了可怜的娃娃。"说着说着她就哭了。我不知道弟弟当时有没有听到母亲的话,我却清晰地感知到,母亲的病可能很重了。

我丝毫不记得母亲是何时离家的,是怎么走、谁送的,我没有一点记忆。母亲也没有给我们交代什么,比如她要去哪里、去多久,我们要如何如何。她什么都没说,就这么离开家了。

母亲不在家的时间里,我才感觉到母亲有多重要。一年四季,她总能给我们买到好吃又新鲜的东西,每年开学,她都会给我定做一套新衣服。有一年过年,家里穷得离谱,只买了一点点花生瓜子,春节前一个月,她开始每晚点着煤油灯掐麦辫,也不知道她哪里来的恒心,不到一个月的时间,掐出来一百捆,拿到集市上卖,每捆五毛钱,再用这些钱给我和弟弟换了新衣裳。母亲不在家,我们的饭里渐渐没了肉,后来也没了菜,最后连油都没有了，每天都是白水煮面片。时间久了，就没有人提起母亲了，她好像从我们的生活中消失了，就像我们没有了母亲一样。庄子里的人也开始把我们当成没有妈妈的孩子对待，逢年过节会给我们送点好吃的。元宵节，家家户户点面灯，以往我家也会给单独生活的男人、没妈妈的孩子送面灯，那一年，我们家成了被送面灯的家庭。

　　父亲早出晚归，他干农活、喂牲口，以前从来没有打理过家务，如今的一切都让他焦头烂额，他使出浑身力气也处理不清楚。每个节令，我家储备的东西都不够，秋天的粉条、冬天的腌菜、春天的野菜、夏天的荞面，一件落下就会件件落下。奶奶每天在厨房里周旋，她把园子里的菜都割完了，也没能改变我们"坐吃山空"的日子，我们就那么乏味地过着。弟弟和我的衣服变得脏兮兮的，也没有新的鞋子可以换，越来越像没妈的孩子。有一天我去厨房端饭，奶奶拿着油瓶对我父亲说："油吃完好几天了，饭里面连点油花都没有。"我看见那个之前用来装葡萄糖的油瓶被奶奶擦得亮锃锃的，并被她举到了半空中。我透过油瓶看见厨房墙上被油烟熏出来的黑色印渍，似乎闻见了以往饭菜里的油的味道。父亲说他要去找人赊点油，但第二天的饭菜里还是一点油花都没有。我知道的，父亲从来不喜欢求人，他是不会去赊东西的，无论是什么东西。

那时，我们镇里唯一一个用"书店"命名的商铺刚开业，里面售卖文具、试卷、教辅用书等，也提供公用电话服务。我在镇中心小学上学，每天上学放学要穿两次街道。有天下午放学，我路过书店门口，老板娘出来叫住我，她说："明天中午你妈妈来电话，让你爸爸十一点五十到这里来接电话。"老板娘是从我们庄子嫁出去的姑娘，她的哥哥是我们镇中学的体育老师，她嫁了一个外地人，在外地生活了几年，生了两个孩子之后，全家搬到镇里开了这个书店。她认得我。我答应着："好呢，十一点五十接电话，记下了。"当晚我一直在等父亲回来，到了十一点，父亲还没回家，那些日子他在十里外的一个庄子里盖房子，每晚要骑自行车回家，遇到雨天就会在雇主家留宿。那时候镇里一共也没几部电话，庄子里外更是难以联系。我需要在早上五点起床，再走一个小时的路去上学，只好留了个字条给父亲，贴在最显眼的穿衣镜上。第二天早上，我起床后在院子里没看到父亲的自行车。奶奶记性不好，我只好跟奶奶说看见父亲回来，就让他看看穿衣镜上贴的字条。

在镇中心小学上学的两年里,我中午是不回家吃饭的,来回太折腾,中午吃点馍馍便可以扛到晚上。晚上回家后,父亲在家,说他昨晚加了个班,把活儿干完了。我看到他自行车后面绑着的工具箱还没有卸下来。他说早上回来后就见到了字条,也去接了电话。母亲的病已经大为好转,只需要再静养一段时间就会好了,姨姨可能会在那边给她找份工作。

冬天太冷了,我没有棉衣,就在毛衣外面套一件呢子大衣,那是我从箱子里翻出来的一件棕色女式大衣,不知道是谁送来的旧衣服。我每天都被冻得缩着腰上学。学校在山顶上,一天到晚大风刮个不停,我的耳朵很快就生了冻疮。我还翻出来一双褐色的军靴,听说是我一个表哥在新疆参加民兵训练时发的,是他穿不了送给我的。那靴子底厚,还防滑,走雪地特别牢靠,但我不知道那鞋底里面有一块钢板,在教室里脚越坐越凉,还不如布鞋暖和。教室里只有讲台附近生着一个土炉子,我的大脚趾外侧很快就冻肿了,晚上睡热炕,到了半夜,两脚奇痒,要使劲儿挠一会儿才能继续睡。幸好我有一双军用棉手套,是可以挂在脖子上的那种,还有一顶火车头帽子,头和手这才没有被冻着。我们班有个姓魏的同学，有一天他来找我，说觉得我的呢大衣好看，想用他的大棉衣跟我换，我说这衣服不暖和，还透风。他还是觉得我的大衣好看，他就是喜欢。他的衣服是奶白色的，很厚实，还带着一顶大帽子，我们换着穿了一周，他后悔了，跟我说这衣服穿着确实很冷，要换回去。

那不是某个寻常的寒冬，而是我生命中的一个寒冬，就像命中注定的一次寒风呼号，就像命中注定的一次冷若冰霜，是一次来自远处的抵抗，也是一次来自近处的屈服。

然而没有人看到这些事，全家人都在抵抗这个寒冬，各自过着各自的冬天。

交过年，冰雪消融，屋顶上的雪水从房檐上滴到院子里，晚上院子里又结了一层薄冰，有些雪水没有来得及滴到地上，便挂在房檐上成了冰柱，第二天接着消融。春天总会把寒冷赶走，时间不会停留，也不会给任何人、任何物特殊的机会。

一天晚饭后，大伯和大娘先来找父亲，后来二伯也来了。他们一句接着一句，聊得很沉重，旱烟一卷接着一卷地抽，一个唉声接着一个叹气。我听他们的大概意思是要把母亲接回来，在外面待了太久，很容易让人不想回家。

褪下了厚重的衣物,换上单薄的春装,天暖和了,日子便也舒畅一些。那晚吃完饭我没看到父亲,估计是在谁家干零活儿,我和弟弟躺下要入睡的时候,父亲拿着一沓信纸和两封写好的信,让我们抄一遍,他说:"抄得工整一些,这是给你们娘的信。"

我和弟弟趴在炕上,父亲把信纸分成两份,我们垫着课本誊写。写到一半的时候父亲说:"这信发出去,你们娘就回来了。"

我已经记不清信上说的是什么了,只记得刚写完,父亲便拿过去检查,然后叠起来,就让我们睡下了。

我母亲是她们家的老六,我姥爷有七个女儿,我们那里把姥爷叫舅爷,把姥姥叫舅奶。我舅奶每次生完孩子送到舅爷手里时,舅爷看见是个女的,便会往地上一扔,然后就出门去喂牲口了。生下我母亲的时候,我舅爷的心已经死了,认命了。

舅爷的老家是另一个镇的,那个镇当时有很多大地主,他们家很穷,祖上几辈都是长工,孩子太多了养不起,他爹就带着他和他的弟弟一路走到后来他们安家落户的那个庄子里。当时那个庄子周围的几十个山头都是一大地主的，舅爷到这个庄子里时还不到十岁，跟着他爹给地主家养牲口。父亲说我舅爷一辈子只干了一件事——养牲口，新中国成立后，他还是一直在养牲口，直到离开人世。我后来才知道，我母亲养牲口养得那么好是因为舅爷教得好。舅爷的第一个老婆带着一个女儿逃荒，逃到了舅爷住的村子里，被舅爷收留，和舅爷结婚后不久她便生病死了，只留下这个女儿，排行老大。后来舅爷和我舅奶成家，开始一个接一个地生女儿，从老二排起来，一直排到老七。

舅爷管教这七个女儿很有一套，谁负责记账，谁负责做饭，谁负责采购，都安排得明明白白，这些女儿们的性格也因为这种分工而受到了影响。我母亲负责采购，去集市上买东西是我母亲的职责。她们那个庄子距离镇里有十里路，无论刮风下雨舅爷总要去镇里赶集，一次不落。母亲遗传了舅爷的性格，也随了这习惯，在一众姐妹里她胆子最大，年轻时跑得最远。见过我舅奶的人不多，舅奶基本不出门，很早就去世了，连我父亲都没见过她。舅奶生的这些女儿都很漂亮，舅爷择婿也很有眼光，前五个女儿嫁的不是工人就是公务员，轮到嫁我母亲的时候，好男子一时半会儿找不到，他就给我母亲找了个木匠——我的父亲。

我父亲家里太穷了，穷得出了名。舅爷的侄子结婚时要挂红[1]，父亲拿不出来，去参加婚礼时被数落了一通。父亲失了面子，觉得窝火，三年没去看舅爷，舅爷让人捎话给父亲："我又没得罪你，也没欠你什么，你倒还拿着架子。"父亲这才又去看了舅爷，舅爷拿出好吃的、好喝的招待父亲，翁婿关系又恢复了以前的样子。父亲说，虽然他很穷，但舅爷对他是真好，正因为穷，所以把好东西都留着给他。

从我记事起，舅爷就已经走不动道了，躺在炕上等死。母亲带着我去看他，他嫌人多太吵，手边有什么扔什么，砸人，所有人都进不到他的房里。在我的印象中，他在炕上躺了很久才离世，后来和父亲聊起来舅爷，父亲说，其实他躺了不到一年就去世了。

再之后，每次去舅爷家看小姨，临回家前，我们都要到舅爷家的后院里看一个奶奶。小姨结婚是招亲找的上门女婿，他们住在前半个院子里，那个奶奶住在后半个院子里。舅爷年轻时给地主打工，她是那个地主家的女儿，因为长得异常美貌，被人送了"白蛇老婆"的外号，

---

1 挂红：又叫挂彩，挂红绸或红布，是民间辟邪求吉的一种习俗。

我们去看那个奶奶时她双腿已废,坐在炕上无法下地,母亲姐妹几个就把她当亲娘一样养着,她也把我当亲外孙一样看待。

母亲的针线活很糙,她不会做鞋,不善于收拾整理,饭菜也只会做最基础的几样,我童年时期的所有布鞋都是姨姨做的。母亲虽然做不好细活,但学东西快,后来还学会了织毛衣。这都是她们姐妹几人当年的分工不同造成的。比如,三姨很会做饭,她会做各种稀奇古怪的菜肴,我小时候最喜欢去她家,一住就住上一个月,每天吃得肚子都要爆炸了,就是不想回自己家。四姨心细,念书最多,说话细声细气的,像古典女性,教育孩子很有一套,她的三个孩子都成了大学生。我母亲呢,交友甚广,到处都是她的闺密,小时候她带我走在街道上,总是让我喊这个姨姨、那个姨姨的,我都认不全谁是谁。逢年过节,也有一大堆人来我家走亲访友,他们都带着很多好吃的、好玩的,这一众闺密嫁的男人也都不错,后来基本都迁到城市里定居了,只有一位姨姨没有走,她在镇里经营着一个集超市、饭店、旅馆、建材市场于一身的"乡镇经济综合体",她们的友谊保持至今。只要母亲在家里,她总能把气氛活跃起来,不论是在物质上,还是在精神上,都能让人觉得更富足。

父亲的信寄出去后一月有余,母亲便回来了。那是一个下午,太阳快要落山了,我放学回家看见母亲,她从炕上翻起身来跪在炕上,风尘仆仆地跪着,像一口气逃回来的一样。她的气色很好,见了我说:"我想我娃得很。"然后坐在炕沿上,从兜里掏出我和弟弟抄写的信,一边看一边抹眼泪,看累了就对我说:"我坐了一天一宿的车,头晕,要睡一会儿。"母亲连鞋子都没脱,就这样和衣躺在炕上,一直睡到半夜才醒。

我觉得不可思议,父亲的信也太有魔力了。

那年冬天,学校举行运动会,要求所有人穿红色的毛衣和藏青色的裤子,我们家没有这样的衣服,我在叔叔伯伯家问了一圈,也没有借到。第二天中午,有位女同学在我们教室门口喊,说学校门口有人找我。我一出去就看见母亲站在外面,她手里拎着一个袋子,说借到衣服了,是某个姨姨家一个叫小强的孩子穿过的,他上初中后就不穿了。母亲把我带到学校外面的一块地里,找了个四周无人的地方,帮我把衣服换上了。

第二年，母亲的姐姐和姐夫回老家扫墓的时候住在我家里，说起了我们写信让母亲回家那件事。姨姨说，接到信的当天，他们每个人读了又读，都哭了，于是连夜帮母亲收拾行李，第二天就安排母亲上了回家的车。他们说："不能再留她了，得赶紧让她回去看孩子。"

一个人静静地黑

我时常做一个很诡谲的梦——我在庄子里迷路了，迷得七荤八素，辗转纠缠，总是走不出庄子——那是我在一次次地寻找父亲。

父亲要么在城市里打工，要么在全镇的各个庄子里干散活儿，在没有电话、手机的岁月里，家里有了事，我总是得一个人去寻他。寻找父亲是我童年生活中很重要的一部分，所以也成了我的一个"连续剧"式的梦。

在梦里，我小一点的时候是奔跑着去找他的，长大一点后，开始骑着自行车去找他。路上崎岖坎坷，雨雪风霜，我经历了各种各样的天气。

那种经历里充满了迷失，充满了慌张。

第一次去找父亲，是我小学一年级时的一个中午。老师让我们几个班干部每人制作一个黑板擦，我找到了木板，却找不到能用的毛毡。我知道父亲在庄子里的一户人家那里盖房子，便去寻他。除此以外我想不到别的办法，也不能像其他同学一样去镇里买一个现成的黑板擦，因为没有钱。我在庄子里转了好多户人家，终于看见一家人的房梁上挂着红布——就是这家了。我走进去，有人问我找谁，我说："我找我爸爸。"他们问："谁是你爸爸？"我指着在房梁上干活的父亲说："他就是我爸爸。"

父亲从房梁上下来，我说老师要一个黑板擦，他便拿起锯子，从地上的一堆刨花里捡起一块木头，锯了一小块，然后走到还没建完的房子里扯下一张废毡，叠了三层，又找钉子把它钉到木板上，接着用锯子把四周锯齐整，然后递过来给我，还问我吃过饭没，我说吃了。我拿着父亲做好的黑板擦回到家里，越看越丑，它粗糙不堪，木板子上还有陈年朽木透出来黑色。我真想丢掉它，真不想拿到学校里去。

下午到了学校，上课时，讲桌上放着四个黑板擦，老师拿起第一个，一擦就在黑板上呲溜打滑；拿起第二个，擦完后黑板上白茫茫一片——那个黑板擦不吸灰；拿起第三个，一擦，塑料壳子从老师手里飞了出去；最后拿起我父亲做的那个，只擦了一遍，黑板便被擦得干干净净。老师蹲在地上，在讲台沿上磕了磕黑板擦，上面的粉笔灰很轻松地就被磕了下来，扬起的粉尘就像地上有个吸烟的老汉吐出了几口浓烟。老师站起来问这个黑板擦是谁做的，我说是我爸爸做的。老师说，让你爸爸再做三个，每个教室里放一个。

晚上，我又去寻父亲，这时候天黑下来了，父亲和几个人正坐在院子里光着膀子吃饭。我说："老师让再做三个。"父亲说："我就知道这粗毡做的黑板擦好用，其他东西都没有这种好用。"他旁边的一位正在咬大蒜的叔叔说："咱们那时候办黑板报可不是白干的。"说完，两人哈哈大笑。我知道他们在笑什么，我不是第一次见到他们这么嘲笑自己了，他们在笑自己前些年的生活，也在笑他们现在的状态。时至今日，他们聚到一起还会相互编排对方，说对方那时候铆足了劲儿想出人头地，到了现在都一样，坐在一起瞎鼓捣，几十年来他们一直乐此不疲地玩着这种游戏。叔叔继续问我是谁给我们代课，我说是三队里的根旺老师。叔叔说："这家伙调回来了，我们一起念书时，他可是最笨的。"

有一年，都开学好几天了，我还没交上学费，晚上放了学，我走路去一个比较远的庄子里找父亲。那时候我还没学会骑自行车，只能走着去。快到那个庄子时，天已经黑了，路程比我想象的要远，天比我预计的黑得要快，太阳刚在山边挠头呢，一眨眼便掉到山窝里去了。出门前母亲说那家人是庄子口第三排的第一户，如果找不到，就看谁家院子的灯还亮着，就是谁家，或者看谁家在盖新房子，就是谁家。我进了庄子口就看见并排的两家都在盖房，后来知道那是兄弟两家。进到庄子里，天迅速黑下来，我鼻子里全是每家每户的饭味儿。找到父亲后，父亲说他再晚些时候就骑车回家了，昨天结了一半的工钱，算算时间也到了我交学费的日子了。把钱给我后，他请雇主家的大儿子骑自行车送我回了家。

在之后的跌跌荡荡的日子里，因为诸多事情，我曾多次这样进入我们庄里别的人家，或者走进其他村庄和镇里一些初建的商铺，在这些地方找寻我父亲，像孙悟空在取经路上寻求神仙帮助那样，这也使得我在心里画下了一张镇子的地图，同龄人可能很少有这样的机会去勾画一个镇子的样貌。我心中记下了很多路，很多的曲曲折折、弯弯绕绕，这些路有人一辈子都不会走一次。我熟悉那片山的所有角落，知晓所有路的尽头，熟悉路边的每一眼窑洞，每一处黑暗和凹陷。因为父亲，那片山和那些路也深刻地留在了我的心里。

那些年的天气总是很怪异，有很多次大雾，有的庄子在山坳里，从山顶看下去什么都看不见，我只知道一个村庄的名字，就那样迈进迷雾里，一家一家地去找，渴了就讨碗水喝。还有很多次在途中遇到了雨雪或大风。大雨天我是很容易应付的，还有几次在傍晚时分遇到下雪。我最喜欢雪，总是不疾不徐，慢悠悠地飘下来，毫无阵势，雪渐渐多了，空中多了，路面上也多了，山上也多了，我喜欢这种感觉。我最不想遇到的是大风天，风让人无所适从，不知道该如何抵抗。

最后一次找寻父亲是在我高中的时候。有一个周末我从县城回家，母亲告诉我，父亲在县里的一家砖瓦厂做饭。我顿感奇怪，父亲在银川的木工干得好好的，为什么跑回来做饭去了？母亲说那是父亲的同学承包的新厂子，缺个厨师，都是一帮同学，闹着玩呢，非得让父亲去给他们蒸馒头、做焖面。我知道父亲有几道拿手菜，是招待酒友用的，那是他这些年在全国各地打工时取长补短学到的手艺，但我不知道父亲什么时候从银川回来了。返校前，母亲给我装了一袋子吃的，也给父亲装了一袋子，让我捎过去，她说那个砖瓦厂在县城最北边的出城公路上，一直往前找，很容易看见。

下午三点我到了县城，在租住的房子里收拾完毕，便骑上自行车一路往北，出了县城，一直往前骑，刚开始的一段路我很熟悉，我曾经来这里帮同学的哥哥送过汽车配件。再往前走，都快到另一个镇了，突然感觉后背一阵阴风，回头看，县城的上空已经黑云压境，雨往这边赶过来了。我在公路上骑车飞驰，果然在一片大空地上看见了一座规模很大的砖瓦厂，外面有一扇锈迹斑斑的铁拱门。进砖瓦厂的路被汽车压得全是泥浆，我卷起裤腿，把自行车扛起来。进到院子里，看见最西角的烟囱正在冒烟，那一定是厨房了。我往那边走去，进屋看见父亲正坐在矮凳上烧火，案板上放着一团和猪一般大小的面团，我喊："爸爸。"父亲站起来问我咋来了，我说是要给他送吃的，父亲说："我在厨房干活，还差吃的？"我把袋子放到桌子上，他提起来走进了隔壁的房间，那是他的卧室，里面有一张桌子、一个炉子、一张炕，炕上铺着我熟悉的被褥，收拾得很干净。那是独居的父亲收拾出来的屋子，里面的布置我也很熟悉，但他在家里从来不收拾。我在炕沿上坐下来，他端进来一个刚出蒸笼的馒头让我吃，我问他："怎么到这里来做饭了，做得习惯吗？"他说："闲着也是闲着，来凑个热闹，帮忙嘛。"说完就嘿嘿笑，我知道他在外面打工打得厌倦了，这里熟人多，每天还有老同学开开玩笑，能热闹热闹。他又拿出烟来，给我递过来一支，我说我不抽烟。他把自己的烟点上，此时，外面的雨大了起来，我水杯里冒出的热气和他口中的烟雾交织在一起。

这时父亲第一次给我递烟，他已经把我当成大人了。

之后便是长时间的静默，我们不知道说什么，找不到话头。电视里播着国际频道的新闻，父亲问我听得懂吗，我说全靠猜，听不懂。他说他在银川认识了一个小伙子，和我同名同姓，长得可精神了，自己做生意挣了大钱。我说："说不定我也有好运气，能挣大钱。"我问他现在要做几个人的饭，他说这是小灶，只做给我们庄子里的人吃，工人们在隔壁的大灶上吃。我问他要在这里干多久，他说等银川的老板打电话来，他就得走了，那里有几个别墅要装修，他得去看着小工们，不然每次都得返工。他问我钱够用吗，我说够，他又问我最近怎么吃饭，我说我自己做几顿，在饭店吃几顿，去同学那里吃几顿。他说反正不能饿着自己，还说我正在长身体，烟不能多抽，最好也别喝酒，伤脑子，注意力差学习就跟不上了。然后他问我新搬的地方是否安全，说他还没去过。我说那里很安静，整个院子里就住着我一个人，是挺好的地方，大门口就是一口井，用水很方便，对面就是菜店。他继续叮嘱，让我花钱别浪费，也别舍不得，这几年他活儿多，一天能挣大几百块钱，够用。

　　因为那一场雨，我和父亲被困在一间新厨房里，这才有机会说了一会儿从未说过的话，这是父亲问我最多的一次，之前，之后，再也没有过这么细致的关心了。父亲的那个厨房是用碎砖头临时砌起来的，砖缝没有勾，水泥被挤压后凝固在外面，虽然不漏风，但看着就冷。窗户是不知道从哪个厂房里拆下来的，很旧，玻璃上粘着擦不掉的油漆，窗框已经没了颜色。雨稍微停歇下来，我说我要回去了，收拾收拾，还得去上晚自习。出了门，我把一个塑料袋罩在头上，猛踩自行车，很快就到了我租住的地方，进门没多久，雨又下了起来。这个时候，住得离学校近的同学应该在煮烩菜，煮上一大锅，够一帮同学吃的。我们谁返校早谁就要负责做饭，返校晚的同学一来就有饭吃,吃完后再一起去学校上晚自习。我坐在门口看了一会儿院子里的雨,拿起毛笔蘸着清水在门上练了一会儿毛笔字。

再往前回想,我更小的时候,也有很多次一个人赶路的经历,也是去寻人。

有一次,我五六岁,表哥来我家玩,晚上就睡在我旁边,凌晨他犯了癫痫。我听说他犯病时会咬到自己的舌头,便用枕巾塞住他的嘴。他没有带药,我翻身起来去找母亲。父亲当时在外面打工,母亲说她留下来照看表哥,让我去三姨家拿药。在此之前我跟着大人去过好多次三姨家,但这次需要我一个人去。我家离三姨家有十里路,而且天气很冷,于是我戴上皮手套出发了。出发前母亲告诉我有一条近路,要从姑姑家那个村庄穿过去,爬上一座山,到山顶后就会看见一条被雨冲出来的路,下雨天那是水渠,晴天就是人走的路,雨和人共用这条路。我几乎是一路小跑,一心想着不能耽误了表哥的救治。越走天越亮,我的信心也越足,在路上我遇到了很多早起的人,有赶着牲口驮粪的,有去赶集的,还有出来撒花的。那是我头一次在清晨一路穿过了那么多的村庄。我无数次见过我们庄子的清晨,却从来没有机会看见别的庄子的清晨，原来每个庄子的清晨都是不一样的，第一声鸡鸣、第一声驴叫、第一个打开大门的人、第一个在田地里发出声响的人，都是不一样的。每个村庄的第一缕阳光出现在哪里？只有生活在那个村庄的人才知道。按照母亲的指示，我找到了那条路，很快就到了三姨家，姨夫拿上药，开上车，我们很快就返回了我家。

那一次，我一个人从黑夜走到了黎明。

我也曾在深夜造访过一个村庄，当时我上小学五年级，堂婶和堂叔吵了一架后跑了，我去寻她。我们当地有个词叫"颠山"，是妇女逃避家庭责难跑掉了的专属名词，男人逃出家没有类似的叫法。一说谁谁颠山了，大家就知道是男人难为女人，女人受不了，暂时跑掉了，是吓唬男人的。这种情况多数都是男人的问题，颠山时女人可以到各处去，最早时期，出逃的女人会藏到山林子里，所以得名"巅山"。有些人还跑到了城里，跑的时间也长短不一，还有人直接"颠"了一辈子，不回来了。人跑了就得找，尤其是在晚上，因为怕出人命。大人们负责搜山，小孩子负责搜庄子，很多妇女喜欢藏在麦垛里，人们找了一夜，死活找不到，最后却发现人躲在麦垛里，就在眼皮子底下。当然，娘家是必须去寻的，刚结婚没多久的媳妇最喜欢跑回娘家去,受了气先回娘家是天经地义的。

那次因为是晚上,堂叔通知各家各户帮忙找人的时候,大家都快要睡下了。当时是农闲时节,很多人出门打工了,留下的都是女人和孩子。大人安排我去堂婶的娘家找人,我没去过那里,却向往已久,因为她们庄子里有我们镇最大的水坝。每天早上上学时,登上山顶,我总能看见那块夹在两山之间的"镜面"。听说只要头天下过雨,"镜面"就会变大,我却一直没有机会去看看。堂婶的娘家很好找,就是水坝边上那一排人家的第二户,去之前,我大伯盯着我说:"千万别下水坝去,找完人就回来。"我答应了。大伯又郑重其事地补充道:"上周刚淹死了一个娃娃。"我说:"我不去。"

从镇上的街道随便找个岔路口下去,一直往山下走,不论走哪条岔路都能到达水库,这些路都是水冲出来的,七拐八拐总能走到水库。谁都挡不住水,水的路都是自己找到的,人后来占了水的路,水给人行了方便。我们县被称为"梯田王国",全县人用三十年把每一座山都造成了梯田。以前,一座山就是一整块地,地被水冲得沟壑纵横。那时的水冲不出路,在地里急得打转,就是找不到路，只能往地底下钻，每次冲出来的都是洞。一场大雨，就能把地下冲出几万个洞，这样地不能种，水也不能用。梯田修完后，水才冲出了路来，也不会再乱跑了，而是一路往下，到了水坝里。水坝边上有一堵崖，水没有往下走的路，就横着绕边走。我走到水坝边上时非常兴奋，站在那里看了一会儿月亮，然后才去堂婶的娘家。堂婶的父母说她没有回来，我用大人口气说："你们可别唬我。"他们听了都笑了，跟我说堂婶真没回来，她都那么大了，颠山也没脸回家来。我称堂婶的父母为爷爷和奶奶，奶奶看我一头汗，让我休息了一会儿，给我煮了两个荷包蛋，吃完之后，爷爷一直把我送到了山顶，路上还骂："你们庄子里的人都死了吗？让一个小娃娃夜里跑到这边来。"我没回话，还因为自己终于见到了水坝而兴奋，而且是还能离水坝那么近。这个水坝每年都有人淹死，是小孩子的禁区，我们从小就被大人教育说："不能一个人去，绝对不能一个人去。"

我回家后，听说堂婶在自家的驴槽里躲了一会儿，饿得扛不住了，跑到厨房里偷吃的，这才被堂叔找到了。

后来，这成了庄子里的人茶余饭后扯闲篇时的一件往事，每每说起此事，大人们还会笑我半夜跑到那么远的地方去白吃了两个荷包蛋。我也总能想起那晚在水坝上看到的月亮，和那次一路向下的飞奔，还有靠近水坝时扑面而来的喜悦，以及靠近大人们所说的禁区时的刺激。

说到月亮，我还在夜半时分从面包车的后窗里见过追着我们跑的月亮，那是冬天的月亮。我在县城上高中时，曾经骑自行车回家，骑了整整六十里。有一天晚自习后，我又打算骑车回家，因为太想家，可时间太晚，已经没有回家的汽车了。我骑着车在县城里转，骑到出县城的路口，遇到一辆面包车，我问这是不是去我们镇的车，司机说是，我问什么时候走，司机示意我这要看后座上那个仰着脖子躺着的人怎么决定。司机说："他说几点走，就几点走。"我坐上副驾驶位，闻见满车的酒味，后面的那个人一动不动，车内车外的灯都关着。我问："不开灯吗？"司机说："让他一个人静静地黑着。"我问司机："喝醉了？"司机说："醉了。"

等了一个多小时，醉酒的人醒了过来，说："走，回家。"车一路盘旋上山，月光从后窗追进来，一路照在那个人的脸上，我不时回头看看他，他脸上挂满泪痕，偶有一刻，他扭过头去看着月亮，说："你这车要是能开到月亮上去就好了。"司机说："我要是能开到月亮上去，那开的就不是车了，是飞船。"到了我们庄子口，我下了车，司机没要钱，说这是后面那个人包的车，赶上了是我运气好。我问他那个人怎么了，司机说他也不知道，那个人就自己静静地黑着，黑到大半夜了。

我再一次走在我们庄子的道上，步履轻快，后半夜的庄子安静得发紧，即便偷偷回来一个人，也没人知道。我叩开家门，父亲说："半夜回来了？"我说："嗯，半夜回来了。"家里人以为我有什么事，一直等我说话，等来等去不见我开口。我见不得他们熬心[1]，说："真没事，就是想家。"第二天早上我开始发烧，躺在炕上吐酸水，奶奶一壶接一壶地给我灌白糖水，晚上我才退了烧。

我一次次地寻找父亲，一次次地走进各种各样的村庄，一次次地在不同的时间、季节遇到了不同的故事。在我生命的前十多年里，和这里的村庄、这里的人就这样一次次地结下了妙缘。

---

[1] 熬心：方言，意为操心、担心。

一个村庄的身世

因为曾经一次偶然的机会,我从一个比自己年长二十多岁的人的角度理解了一次生活,理解了一个村庄。

上高中时,有一年我从学校跑回家,在家里待着,待到了漫山遍野的桃花全部绽放的时候。每天傍晚我都会溜溜达达地去山上走一圈。不知道从什么时候开始,山顶变成了花海,整片山被花香覆盖,我的鼻子闻不见其他任何味道。不光是桃树开花,荆棘树也开始挂红黄不明的果子。折下几枝桃花拿在手里,几只蜜蜂被桃花吸引,我举着桃花把它们从一处引到了另一处。山顶的广播塔上的喇叭还是像我上小学时那样,会定时响起,我坐在山顶的树林子旁边,把脚垂到崖下,眼睛望向远山,耳朵听着广播，似乎十多年间这里的日子从未变过，一切还是老样子，植物一年四季枯荣往复，大山岿然不动，只有街道延长了一截又一截。

恰好在这一年，轮到我们家的人来当"会长"。

"会长"是每年负责操办庄子里的东岳大帝诞辰祭祀的人，每年要各家轮流担任。会长有三个人，一个人负责请剧团唱戏，一个人负责处理庙宇祭祀事宜，还有一个人负责财务，要处理收钱、采购、花销等事。这一年我父亲要负责庙宇祭祀。父亲本身就在庄子里的剧团里，之前我跟着他看热闹时也断断续续见识过整个流程。东岳大帝的诞辰是农历三月二十八，负责财务的会长会提前半个月挨家挨户地收钱。三十多年前，每家每户祭祀前要出一匙胡麻油加一碗面，这个惯例持续了十年。后来大家觉得收面和油比较麻烦，会长提着油桶和面袋子挨家串户也不方便，便改成了每口人交五毛钱。如今，每口人要交三十五块钱。庄子里的秦腔剧团成员也都老了，现在再进行祭祀时会请专业的剧团来唱戏，唱四天四夜。

父亲在银川的工程没有做完，回不了家，但负责庄子里的祭祀时是不能推脱的，他每天都会追几个电话来，心急如焚。后来庄子里的阴阳先生对他说，只要让孩子招待好他们这几个干这一行的先生就行，他们会把这件事办好的，庄子里的祭祀活动进行了这么多年，大家都很自觉，不用父亲操什么心。

庄子里负责庙宇祭祀的几位先生后来几天都在我家里忙来忙去，我负责裁纸、研墨、兑红、泡茶、添水、晾晒纸张，他们负责写对联、画符纸、抄经文、写祭文、准备各类旗子，母亲负责给他们准备餐食。这几位先生每天在干活间隙都会聊很多庄子里的事，从几十年前的事到现在的事，从老人的事到年轻人的事，也说到过一些奇事怪事。他们描述的多是苦难，因为他们这个行当最常见到的就是各种各样的苦难。我倚在门框上听，一听就是几个小时，几位先生时不时看我一眼，偶尔也问我说："你咋看？"我笑笑，说："我晓不得。"他们也笑笑，说："你长大就晓得了。"几位先生家里的孩子都是我的同学，有些读到小学四五年级就出去打工了，还有些读到初中才出去打工，另外一些和我一样，在读高中。

那时候我不知道我们的未来会如何，我也不知道某天我会用文字记录这些事情。

几天后，我跟着他们去庙里打扫，只有在春节、清明、端午和农历三月二十八这几天里，这座庙才会开门，其他时间要进庙的话得找会长拿钥匙。我们拔掉院子里的草，把神仙擦拭干净，又给神仙换上新的衣服，门窗全部擦洗一遍。在主殿里扫地时，一位先生说："神仙知道庄子里每个人一年来的好运和霉运。"我点点头说："是。"我说我觉得神仙什么事都知道。他继续说："你看这墙上和庙门口的旗子，都是人们还愿时送的，很多人在去年许下了愿望，来年都实现了。"我这才理解他真正的意思。他继续说："没人敢骗神仙，许了愿望，就得来感谢神仙，得把好吃好喝的、功德旗都送上来。"我在主殿的墙上找了一圈，找到了前几年父亲送给神仙的还愿旗，那时我身体虚弱，父亲祈愿之后我的身体状况好转了。父亲的还愿旗已经被后来几年的旗子遮住了，只能在上面看见我的署名，那是我的小名。庄子供奉的神仙只认小名，你在外面叫什么名字他管不着，在庄子里叫啥，在神仙面前就得叫啥。出主殿后，我看见院子正中间的祭台上都是现杀活鸡时留下的血迹，有些人挣到大钱后会杀鸡献给神仙。先生让我去庙门口放一挂鞭炮，我把鞭炮挂在杏树上，这活儿我干得很熟练，每年大年初一的零点，我都会来这里放一挂。放完之后，我便回主殿的台阶上坐着，庙落在庄子的最高处，风吹着我们的脸，先生说："你这炮一放，庄子里的人就知道庙门开了，一会儿就会有人来上香。"十多分钟后，果然有人来上香。几位先生继续聊了起来，他们说前些年庙里香火不旺，人都穷，这几年祭台上的香烧一个月都不会断，房檐下还挂了很多能燃上月余的盘香，有人还给庙里添置了物件。他们越聊越多：庄子里上一代人中谁谁是最早发家的，迁走前还来庙里祭拜过；这一代人中谁谁在某年发了大财，给庙里捐了几个大香炉，估计离迁走不远了……在他们的讲述里，时间似乎一下子从很早以前滑到了现在，庄里人出生、发迹、离开、死亡，一个人的一生就在这四幕里完结了。

我从庙门口看出去，庄子里人家的屋顶上，黑瓦被太阳照得冒出淡淡的雾气。是啊，每家每户真实的生活，都不是我们肉眼所看见的，只有在神仙面前，人才最真实。一座庙见证着一个村庄，它能看见被掩盖了的另一面。人们跪在这里许愿，许健康、许财富、许功名……

只有一座庙才能看得清一个村庄的身世，看得清那些出走的人，回来的人，失意的人，得意的人。

庙里的事情忙完后，负责请剧团唱戏的会长让我去帮忙晒剧团的戏服。我们把戏箱抬到戏场的院子里，一件一件地拿出来，他说："这可是咱们庄子这四五十年的家当，一年添置几件，零零散散地积攒这么多年，才攒下来了这份家业，可得细致点，别摔了磕了。"那天，我看着满院子闪闪发光的戏服，才知道了一个村庄的日子和一个家庭的日子过法是一样的。戏服晒了一个下午，晚上回到家，开饭前，除了几位先生，乞丐福舟也来了。

福舟是镇里有名的乞丐，是全镇最出名的人。他比我大十来岁，是个哑巴，有点歪头和痴呆，每天都在镇里闲逛。他有个很厉害的本事——每个庄子里只要有祭祀之类的公共活动，他总会知道，还要去那个庄子住上几天，吃香喝辣，和神仙们享受同样的待遇。所有庄子也都会好好地招待他，人们总觉得他是神仙的一个化身。之前好多次路过我们家的时候，他也会来要碗饭吃。他每次来都带着自己用的碗，我盛好面，再端出去倒在他的碗里，他从袖头里拿出筷子，几下就吃完了，吃饱前他是不会离开的，会一碗接一碗吃。

农历三月二十八这天，庙里的神仙会被抬进戏场的大院，然后会被抬到戏台子的正前方"看戏"。庄子里的每家每户都会端出两个人头那么大的馒头，在上面点上大红的桃花、杏花，再炒一盘献菜，端到神仙面前，放上半个钟头，等神仙吃完，再端回家。福舟此时就会坐在神仙旁边，人们会给他好多好菜好肉。他是镇里活得最长的乞丐，至今还活着呢。

戏场院子里的人多得脚挨着脚，除了庄子里的人，每家每户那些喜欢看热闹的亲戚也会来。亲戚们一来就会住上四天四夜，跟着神仙一起享受，就当是给自己放个假。

我三十五岁这年的夏天，有人在小学同学的微信群里发了一张照片，照片上是一些老同学们在一条路的尽头站着小便，另一名同学拍下了他们的背影，然后发到了群里。

那一刻，我陷入了一种莫名的遗憾中，想到自己再也不会像小时候那样，走到路的尽头撒一泡尿了，这辈子再也没有这种机会了。我每次回家总是想去四处看看，然而又总是在巴掌大的地方忙前忙后，再也不能像以前那样到处走走看看了。我总想像儿时那样，仔细地再走走那些路，不知为何，总不能如愿。深夜，思来想去后，我找到了答案，因为我没继续生活在那里，所以不会再仔仔细细地翻那些山，穿那些庄，踩那些路了。

照片上的那条路是我们上小学时的必经之路，只有我们那两届的学生走过那条路，后来学校搬了地方，那条路就废弃了。那是在树林子里绕着树、躲着坑，经过十多个人的集体探索才找出来的路，是一条我们走出来的路，偶尔有几个放牛的人、挑粪的人，也会从那里走一走。如今它已经不能叫路了。它又回归了自己本来的模样，成了林中草地的一部分，开始杂草丛生，路的痕迹渐渐被隐藏。现在，庄子里的人甚至不知道这里曾经悄悄地出现过一条路，又悄悄地消失了。庄子里可能还出现过很多没人知道的东西，也都悄悄没了：来过一头牲口，来过一个乞丐，半夜有一个醉汉路过，雨水在某个河沟里形成了一个涝坝，后来又悄悄地干了，有个稀奇的动物曾在某个洞里住过后来又跑了……

一个村庄由什么构成？一口井，上千个相互认识的水桶，十几个木匠，两个阴阳先生，一百头牲口，几百户人家，一所学校，几个有名有姓的无赖，几条河沟，几个涝坝，一座瓦窑，一个大戏台，两名大夫，一个神婆，几个说媒的……

只有站在山顶上，挨家挨户地去瞧，才能看清楚一个村庄。谁家消失了，房屋倒下了，院子被荒草占领了；

谁家沉寂了几十年后又突然有了人;谁家还有老人;谁家开始干起了新的营生,挤走了原来干这门营生的人……只要人需要活下去,就会有矛盾滋生,只要有劳动,就有声响。

去年秋收时,我回家去,站在门前和聚集在那里的叔叔伯伯、婶婶大娘们聊天。我尽力地说着一些他们熟悉的人、熟悉的事,尽可能地说着关于这个庄子的话,让一群在庄子里生活了一辈子的人能再次接纳我——一个已经离开家乡多年的人。

我说起对面山上的那一眼窑洞,婶子说:"这你都记得?"我说:"咋不记得?我在这里都长到二十岁,咋能忘?"

伯伯说:"能忘的都不知道回家了;能回家收麦子的,都是没忘记家的。回家远不远?"

我回:"回家好远好远啊,但家永远是要回的。"

回家吧，回家了

家太远了，我每次回家总会消耗掉很多力气，但总是要回家的，家就是家，没有什么可以替代。那里不仅有拉扯我们长大的父母，也有那座不论怎么修路、怎么改道、怎么挖都改变不了的山。

二〇〇七年，那时还不能网购火车票，我想方设法买到了一张票，从北京西站上了车，哐哐当当地往家里走。没上火车前，想家不是具体地想一个人，想一种食物，想一间房子，而是一种感觉，挥之不去的感觉。打电话，看照片，都无法排解，必须是自己亲自回去，躺在那张床上睡几天，喝上几天家里的水，聊上一些家里的事，见一些乡亲，串几家亲戚，知晓几则亡讯，才能消解这种乡愁。

火车上,归乡的兴奋渐渐变成了难以忍受的疲惫,天怎么还不亮?天亮了就好了,黑夜的疲惫就消失了。火车停在天水站,踩到地砖上,脚都站不稳。地砖太旧,已经看不出模样,上面是一层土,是风吹来的土。从踩着北京西站站台的最后一脚,到踩着天水火车站站台的第一步,时间像倒退了二十来年。出了火车站,我被拉客的司机围住,他们问我要去哪里,这些司机嘴里喊着这列车上的人们所熟悉的地名,那是无数个故乡。我的脑子里一下子冒出了十几个县的名字,每个县还有一个相关的记忆点:秦安的桃子,静宁的烧鸡,庄浪的梯田……

我想凑几个人拼车去汽车站,却凑不到,等得太着急,就上了路边一辆去兰州的长途大巴。路过某个县城时,大巴开了进去,等了一个小时,却不走了,因为这里上车的人太少。司机把我们几个乘客倒腾到另一辆小巴上,再等,还是不走,十多个小时的火车已经让人等得够着急了,这时候大家的耐心都一点一滴被消耗在了路上。有个人起头,找司机退钱,我跟着退,退完之后打车到另一个长途汽车站,买票、上车,三十分钟一趟的车很快就坐满了人,上车前我在车站门口吃了一碗拉面,没吃饱的话再要上两个荞面油饼。发车后，车上开始有乡音了，心开始暖和了。身边的人一句一句聊的都是熟悉的往事。小伙子们的额头都很相似，姑娘们的脸型都很接近，到底是一方水土养一方人，这么一看，大家真的像极了兄弟姐妹。

车盘了一个山口后就上了高速公路，只走了很短一段路便下了高速公路往山里走。石头山上的树矮，山下有水，水旁边就是路，算得上山清水秀。再走一段，就到了土山。土山上的树高，林子密，满眼都是绿色。偶尔看见几条山路，不知道通往什么地方，在车上看，路很清楚，却从未见过路上有人。这时候车载电视上刚刚放完了一部电影，来来回回总是那么几部贺岁电影，我看到每一部电影都会想起那部电影上映的那一年春节的事情。之后车上又开始放歌。人们被车颠得都乏了，聊起天来，相互问是从哪里回来的，有上海、北京、广州、深圳。逢年过节回家不稀奇，不年不节的时候回家，通常就是家里有事。车上有一个人吃东西，把其他的人也勾饿了，都开始吃，各种味道串在一起，好像在饭店里。

这段路一下雨就塌方。那次我被堵在路上等了一整天，往前走不动，掉头也掉不了，只好等着，大家都把吃的拿出来，互相吃吃喝喝过了一个下午。路通了，天也黑了，到了县城里，找了个车站旅馆住下，外面下着雨，旅馆人爆满，没有单间，十来个人挤在一个房间，一张床一晚十块钱。住在这里的人有送孩子去外地上学赶早班车的，有和我一样被雨堵在路上的，有等半夜发车的。在这种车站旅店中，总是能见到很多在路上暂时停留的人，和他们随便聊聊，聊累了就容易睡着。如果你不相信人间有真情，那就去看看长途车站里发生的送别和迎接吧。

第二天起来，先吃了几个洋芋包子，然后去车站坐发往镇里的公交。车往山梁子上开，开到山顶后，又在山上走了半个小时，熟悉的麦地，熟悉的山，熟悉的村名碑，熟悉的每个风口、每一棵树，熟悉的路边商铺。快到庄子口时我喊："师傅，前面路口停一下。"师傅从来不回应，但到了地方就会停下。下了车，庄子口肯定有人站着，等人的、送人的，认识的人都问我："回来了？"我答："回来了。"遇上我能叫得上辈分的，就一一问候；叫不上辈分的，就直接问好。往家走，一路会经过各家的大门。谁家翻修了，谁家安装了太阳能，谁家门口建了车库、买了新车，谁家院子里荒了，一看便知。门口蹲着的人有的在洗衣服，有的在晒草，我便走过去上递上一支烟，问一问他们的孩子怎么样了——这些人有些是我的玩伴，有些是我的同学，总有几个失去联系的人，我只能从他们的父母那里知道他们的一些近况。

到了家门口，一群伯伯叔叔婶婶正聚在一起聊天。我从包里拿出烟发一发，给孩子们拿出水果糖散一散，婶婶们也喜欢吃糖。一一问候过后，我进了家门，问候奶奶，问候父亲，问候母亲，去正房里给爷爷的牌位上炷香、磕头，然后再出院子，和家门口的一群人一起聊聊。要说庄子里变了吗——人还是那些人，他们从我记事起就那么老，一直老在那里，可他们是不变的，老的反而是我。若是家族中有人在我这次回家前去世，我便会去上炷香，庄重地给逝者磕一个头。

偶尔回家的时候也会赶上庄子里空空的，到了家里也喊不出一个人来——人都在地里呢。我只好自己洗洗涮涮，等着，实在等不及了，便去门口问路过的人。路过的人指着地里说："在那里呢，看到没？"我朝地里望去，好多人，每一块地里都有人，真是热闹。我站在门口大喊："我回来了。"

我回家的时间没准，所以家人也不会守着时间等，只要知道是今天还是明天就好，毕竟回家时有的路太复杂。到了家门口,总有人会问:"路上走得顺不顺?""车上人多不多?""走了多久?"从小我就听惯了这些问候。

小的时候,一年四季都能看到那么多人回家,好似这些人一辈子回了几千次家。如今轮到我们这一代了,我们依然会前仆后继地回家,每一个节日都要回一次家,清明、端午、春节……似乎也在把所有的回家都积攒起来。

到家的第二天,先去看望一遍家族里的长辈,给他们带些茶叶、烟酒和牛奶,或者给喜欢吃肉的长辈买只烧鸡。如果时间充裕,再去看看几个哥哥。每到一家,我的屁股都像是又变重了,不想走。聊啊聊,聊他们的事,聊庄子里的事,聊过去的事,聊光阴,聊糟心的事,聊聊失算,聊聊某个人。

到家的第三天,我是肯定要钻到地里去的,赶上什么活就干什么活,一干就是一整天。在地里遇到的时节,遇到的天空,遇到的昆虫,遇到的飞鸟,遇到的人,都是新的景象。时空被拉回了很久很久以前。有人还在开着手扶拖拉机,夸耀着自己在农业合作社时代练出来的一身技术;有的人一辈子没有走出过这个镇,在家门前见证了飞云流逝,岁月变迁。

后面的几天里,我会被各位叔叔伯伯、婶婶姨姨喊去吃饭，一天吃好几顿：雀舌面片、凉粉、凉鱼、洋芋面筋、油饼、浆水长面、大盘鸡、土豆包子……这都是我之前去看望他们时无意中提起的家乡美食，我说我嘴馋啊，这就都吃到嘴里了。

有时我会去镇上走走，老铺子还是老铺子，新铺子也起来不少。在镇里做生意做的是为人，人处好了，生意就有了，一做就是一辈子。

没几天，到了离乡的日子，我又要出发了。以前大人出门时，都是我送他们，现在他们老了，开始送我出门了。更小的孩子在长大，也跟在大人后面送我，正如我当年一般。离乡路上的时间过得是那么快，汽车、高铁、飞机，我们通过各种方式奔赴城市，一下子就到了，似乎有魔法一般。

返乡后的时间是真实的，一分一秒都能感知到——早上露水消失；大地上的影子随着日头移动；刚聊完一个人的一生，一抬头就看见了这个人脸上的汗水和皱纹……每件工具、家具置办的时间，碗口上的一蹭一剐，什么都能讲出个道行来。

我们到底是怎么开始离家的？那是很遥远很遥远的年岁里发生的事情了。

走远

往前追溯,摸索着离家、试探着离家、锻炼着离家,往远了走,往镇里去、往县里去、往市里去,地图扩大,独立生活的能力提高,到更广阔的世界里讨生活、挖光阴。

如此这般,我们踏上一趟趟目的地更远、更陌生的旅途,去城市的角角落落。

每个人都在某段时间离开过家,离开和离开不一样。我们的离开,是前仆后继的、没有退路的离家,无法再回头的离家,而且总是一代比一代更早地离家。

我在微信朋友圈发过一张照片——夕阳斜沉,孩子们下午放学后背着书包走在田间小径上。这是我上小学时的光景。在深圳长大的七零后女同事评论说：美好的童年，我就没经历过；在北京长大的八零后男同事说：真羡慕，开阔啊，大自然啊；在青岛长大的九零后同事问：这是在干啥呢？

这种光景确实走远了，至少在我的家乡走远了。

在我的家乡，每两户人家就有一个住校生，从学校附近的任何一条岔口走进去，总能看见离开家为了上学而住在这里的娃娃。在我们的记忆中，住校不是住在学校里，而是住在学校旁边，自此人生开始和求学绑在一起，这是每个少年必须面对的生活。围绕着学校，我们这些少年和不太熟悉的人们形成了一个新的村庄、新的社区、新的经济体系。

在我的家乡，二十多年前，初中生住校是较为普遍的，如今，小学生都开始住校了。这是城市化迁徙的一个结果，乡村人口减少，学校合并，庄子里再也没有了学校。读书声、上下课的铃声、学生、学校，还有每天下午学生放学后在田野边嬉闹的景象，逐渐在村庄里消失了。

我对离家生活的第一印象形成于初中一年级时。下午放学后，我们在学校后面一个被废弃的院子里背单词，院子是农业合作社时代留下的，学校没有把这个院子划进学校里面，同学们便在墙上挖了个洞，时常钻进去，到院子里玩耍。里面还有一排没有门和窗户的土房子，屋顶上的瓦常年被雨水侵蚀，成了一整块，已经看不清瓦片的轮廓了。墙面上出现了树皮般的纹理，即使如此破烂，也有同学住在里面，因为那里没人管，还不用交钱。在我们背英语单词的间隙，两个同学从洞里钻进来，开始生火做饭，光是点炉子就足足点了十多次，因为他们从家里带来的麦草已经受潮了，只冒烟，不起火苗。我一边背单词一边看着他们心急的样子，觉得自己可能也无法在这里生起火，想象他们周日回家带来的干粮吃完了，没有饭吃，饿得两手发软。那一刻我庆幸自己家离镇里近，不用这么早就去住校。

也是那一幕，让我对住校、离家的生活隐约有几丝恐惧。我们家之前也住过两个住校生，可他们的生活和我现在看到的完全不同。不过这种恐惧在我心中只停了几秒钟，便被抛在脑后。认识了一些住校的同学后，我已经完全沉浸到这种生活的新鲜感中：有一个同学住在敬老院里，我经常去他那里喝白酒，喝醉了，就直接住下；有一个住在附近的庄子里，我去他那里做揪面片吃，吃饱后抽烟、打牌；还有一个住在修理站，我跑去喝他爸爸的好茶，喝多了晚上睡不着，一起听磁带；甚至有一个同学住在派出所，我去那里看被绑在电线杆子上的小偷……在我看来，离家、住校生活的自由充满了魔力，尤其是在十五六岁的年纪，这种魔力比任何东西都吸引我——那是没人管束的、天堂一样的生活。

镇上没有高中，所以住校的全部是初中生，不管看起来年纪有多小。男生总是烧不热炕，每晚冻得冷飕飕，早上起来面色铁青，夹着腰，到中午才能暖和过来。有人说晚上光着睡更暖和，骗不少同学得了感冒。而女孩则相反，她们的生活能力强很多，衣服洗得干净，饭也做得好吃。若是有幸住在女同学的隔壁，那这个男同学会因为被同情而过上好日子，被女同学养得白白胖胖的，被照顾得比自己的母亲在身边时还要细致。

那个时期，教育还没有受到足够的重视，几乎没有家长陪读，学生们独立生活，一切全靠自己，有一种"自生自灭"的感觉。

初二时，我时常不想回家，结识了一位从其他镇来我们学校上学的同学，他姓魏，住在镇上一位来自陕西的卖凉皮的女人隔壁。我在他那里住了好久，依旧是每晚听磁带，白天去学校上课。魏姓同学比我年长很多，经常带我们这帮初中生去打台球,他饿了就去隔壁要两碗凉皮和两个白馍,时间久了没钱付账,便把从家里拿来的白面和土豆搬过去抵饭钱。卖凉皮的女人倒也高兴,毕竟一袋白面比几十碗凉皮要值钱。

某晚下了一整夜的雨,我早上起来想到好久没回家了,便趁着雨歇下来的间隙回到家里。饭后雨又变大,我睡了一觉,被人叫醒,魏姓同学叫了好几个朋友来接我,说晚上有好事。我换了一双鞋和他们往庄子外面走,一辆四轮拖拉机"突突突"地冒着黑烟从庄子的路上颠过来,开得飞快,路上全是泥巴,拖拉机打滑,一直往一侧偏,司机让我们快上来。我们一个个跳上了拖拉机,分量重了,拖拉机便不再打滑,一路冒着黑烟出了庄子,把我们往镇子的相反方向拉了好远。我们想喊司机停下来,可拖拉机声音太大,他根本听不见,拖拉机的速度很快,我们一直到了一个拐弯处才跳下去。我们沿着小路往山上走,翻过树林子,才到了镇上。我问魏姓同学晚上有什么好事,他说:"骗你的。下雨天太无聊了,你走了,我们太孤单了!你再住几天,我把炕给你烧得热乎乎的,又刚买了一袋子煤。"说完话他又往炕眼儿里扬进去三铁锹煤粉。

相对来说,我独立生活的时间是晚于同龄人的,高中才开始,这也造成了我生活中的一次空前的"灾难"。这持续了好几年的"灾难"留下了很多后遗症,比如我患了胃病,害怕孤单,担心毫无生机的生活,这些后遗症一直潜伏在我的记忆里,在之后的细碎生活中,这些症状总会若隐若现。

中考后的那个暑假,我一直没有拿到县高中的录取通知书,便开始找寻新的出路:去当一名建筑工人,或者跟堂哥去做一名装修工人,又或者找个技校去学一门手艺。每次去镇里碰到同学,他们脸上都带着喜悦。他们都以为我也拿到了录取通知书,当他们问我去上高中了住哪里的时候,我不知道怎么回答。一直到暑假快结束的时候,他们又一次问起我这个问题,当时我已经接受了没有被录取的结果,每天徘徊在镇里中专院校的招生点前,打算去学习理发的手艺。我对同学们坦白说我没有接到录取通知书,其中一个同学说,他在老师的办公室里曾看到过我的录取通知书,他说他印象很深刻,当时还很惊讶,因为苏庄的孩子一次性被录取了七个,是全镇录取人数最多的庄子。我这才有力气去问同学有谁看到过我的录取通知书,问了五个人,他们都说没看到。

过了十来天，我跟着几个哥们儿去庄子的最下面找一条大白狗时，有个同学说我的录取通知书好像还在他家呢，是他顺道从学校带回去的，忘记给我了。我说："我以为我没有被录取，都打算去学理发嘞。"

我这才着手在县里找住处，母亲说我二姨夫在供销社有一间宿舍，空了五六年，先住那里吧，距离学校也就十来分钟的路。母亲捎话给二姨，二姨第二天便把钥匙送了过来。

其实我至今都没有想明白，为什么当时父亲和母亲没有提前办妥这件事，一直拖到了开学的前一天。那晚我的左肩第一次觉得生疼，疼到我把它使劲压在炕上，最后没办法，吃了一片止疼药，还是没有缓解。那晚家里在做粉条，到了半夜才做完，粉条挂满了整个院子，在月光下像一挂挂被冻住的瀑布。三姨那天正好来我家，她拿了一把花椒，在我左肩上碾碎，起到了镇痛的效果，我才得以入眠。打那天起，只要我焦虑，左肩便疼，每次疼痛时，都会想到这种症状第一次发作的情景。

凌晨三点的时候，我们家的大门被二姨夫和二姨敲开，二姨夫对母亲说："给孩子收拾行李吧，现在去县城。"我们一时还没醒过神儿，二姨夫说："那房子里全是零件，不收拾出来，娃没办法住，还没通电，所以得去处理一下。"母亲去帮我收拾行李，父亲说："怎么这么早？"二姨夫说："我开的车没有牌照，是我用零件攒起来的，天亮之前才能进县城，天黑后再出来。"

那天父亲和母亲还有其他活要干，去不了，二姨身体不好，留在我们家，三姨陪我去。我和三姨上了车才发现，二姨夫改装的这辆车真是太破了，是用废品攒起来的，驾驶室里坐不了人，我和三姨坐在后车厢，里面铺了很厚的麦草，风把我俩吹得都没了人形。三姨把我母亲捆起来的被褥打开，把我们俩裹起来，把脸也一并包住，说："别没到县城，给冻死了。"被褥都是用新棉花做的，还带着太阳晒过的味道。车的发动机声音太响，震得整个村庄的狗都醒了过来，我不用猜就知道，每条狗都在挣缰绳，拼命地往外挣。

二姨夫从他们家开车到我们家需要一个小时，我好奇地想，他开这辆破车是怎么爬上那座巨大的山头的？这一路过来惊醒了多少个庄子的狗？因为我，这十多个庄子的狗都没睡上一个好觉。

一路吹着冷风，在天还没亮的时候，我们到了县城，像贼一样绕着县城最偏的路进了城，走了很多小道，才把车开进了供销社的院子里。

二姨夫拿出钥匙打开宿舍的门,锁生锈了,他在墙角捡来一块砖砸开了锁,把门都砸了一个洞,我父亲后来修补过,但这个洞后来还是成了这间宿舍被小偷光顾的直接原因。一股霉味直冲进我们的鼻子里,二姨夫打开手电,我就看到一屋子铁疙瘩。随后他喊我和三姨去外面买几支蜡烛回来。我对这里不熟悉,三姨曾来过这里好几趟,她带着我出了大门,我们在街上找开门早的商店,走了好远才买到蜡烛。回到宿舍时,二姨夫已经把里面的东西搬空了一半,他说让我们等着,他要开车把那些东西拉到收零件的地方卖掉。我和三姨点上蜡烛,把宿舍里清扫了一遍,没有水,尘土呛得我俩直咳嗽,鼻子眼儿里都堵上了灰。三姨问我:"这儿能住吗?"我说:"凑合住吧,来念书的,不是来享福的。"三姨说:"我娃真懂事!"

二姨夫卖掉一车的东西后,又回来继续把余下的东西也搬上了车,给我留了一张床板,一张桌子和一个炉子,还有个脸盆架子。

早上十点,他去接通了电,还买了水票,然后就走了。

我和三姨去外面的饭店吃了饭,回来一边继续打扫一边等二姨夫。一直到天黑时，他才回来，开着他那辆破车带着三姨偷偷地出了城。我一个人突然被丢在了这个陌生的地方，不知道能做些什么，便出去闲逛。很凑巧，路过学校门口时碰到了我们庄子里的两个同学，我们三个从小学开始就是同班同学，此刻我觉得他们变成了亲人，便跟着他们一路走到他们住的地方。那里是县城的新开发区。我们经过一大片被拆除和铲平了的荒地，到了一个村庄里，据说这个村庄的人因为拆迁发了大财。我们到了一排前后都没有院落的房子前，同学说，这些房子没有主人，随便住。我问他们是怎么发现这里的，他们说是我们庄子里比我们高两届的同学发现的，那几个同学就住在隔壁，现在上晚自习去了，高三开学要早一周，抓得紧。房子里的电已经被切断，所以做饭都用的是手摇鼓风机。我们搬出一口大锅，开始生火做饭。要做十个人吃的饭，水不够，于是我们挑着担子去后面的井里挑了一担水。这顿饭做得乌烟瘴气，需要什么缺什么，从油盐酱醋到锅碗瓢盆，再到葱蒜调料，我们骑着自行车一趟一趟往小卖铺跑。饭熟了，我们感叹说，终于齐备了，以后就不用这么折腾了。吃饭开心啊，一大群人，住在没人管的地方，高年级的同学还拿出了私藏的酒和烟，肆意地胡说八道，从学校八卦到历史人物，从国际局势到未来科技，反正我们也不懂，便任由他们发挥。我们这些刚从镇里出来的同学被他们那种自由奔放的热情感染得一塌糊涂，认为这地方来对了，在这里我们可以寻找到一种前所未见的生活。我们把电池放进录音机，再塞进去一盘磁带，坐在凳子上静静地听着，仰头看着一片崭新的夜空。

后来连续好几天我都没有回供销社的宿舍里住，而是和他们生活在这里，生活在一片被人忘记的地方。

那一段时光如同被冰冻了，透着一股新鲜的味道，每每想起来就会有打开冰箱门那一瞬间的感觉。每天我从学校出来就跑到那一片荒地上，过上了另一种日子——无所顾虑，对未来不作期望，只想投入到当下的每分每秒中。这一片荒地的魅力极大，来的同学越来越多，有些想成为画家，有些想成为歌手，有些想成为诗人。也有很多失恋、失意的人来这里吃顿饭、抽支烟。我们也借此结识了不少"不务正业"的同学，我们称之为"散人"，他们与那些坐在教室前排一言不发的学霸们成了两个极端，但这两种人都有各自的魅力。我们踏入校门，心中的明星就是招贴栏中的学霸们；走出校门，心中的明星则变成了那群新结识的、在马路上垂头丧气的"散人"们。

好景不长,这里也要被拆掉了。

我和同庄子的两个同学一起住到了供销社的宿舍里,一张单人床板上睡三个人,却也没觉得拥挤,之后添置了煤气灶,正式开始了两点一线的生活。我们分别在三个班,每天中午和晚上都会相互交流一些见闻,他们两个都是做饭的高手,每顿饭都做得很认真。我负责洗碗、打扫卫生、买菜、打水。三个人总是热闹的,一点也没感觉到孤单,某天住我隔壁的大叔来问我们租不租房,他朋友在后面一排有一间空出来的宿舍。我们租下来搬了进去,这间宿舍要大很多,里面放了两张床,我们开始在这里做饭。

冬天很快到来,我们每天晚上在外面把炭引燃,等炭不冒烟了再端进屋子里取暖。这期间曾有两个同庄的女孩子来找过我们几个。她们住在另一个村庄里,有一天下了晚自习后,她们把钥匙落在学校了,回去打不开门,学校也关门了,她们就找了过来,去我原来的宿舍里住了一晚,第二天她们说太冷了,一晚上都没睡着。我们男孩子基本不烧炕,也不生炉子,最主要的原因是懒,还有一个重要的原因就是怕麻烦。男孩子天冷也能扛过去，女孩子就不同了。那晚我去给她们撬门，结果低估了那把锁头，半天都没撬开。她们住的那个村庄都是出租房，整个院子里都是住校生，原来的居民都搬进了楼房，还把原来的麦场都盖成了房子出租给学生，住的多数是女生，每户的门前都清扫得都很干净。

那段时间，每天早上起来，我的毛巾都冻成了一块冰疙瘩，想洗脸就要先把桶里的冰凿开，冷水扑到脸上，人立马清醒了。我们的手上都有被热油烫伤的疤，仔细瞧，每个人的衣服上都有被火星燎出来的小窟窿。我们喜欢在周六早上串门，看看这家瞧瞧那家，我们发现到处都能看到住校生：教育局家属院的车库里、菜市场后面的库房里、废弃冷库的厂房中、印刷厂的简易大棚里……

住平房的家庭把能出租的房子都租了出去，若见一个学生走进了一户人家，也不一定就是这家的孩子，可能是个住校生。全县读高中的住校生就这样被安置在县城的缝隙里。

第二年，供销社宿舍楼的后两排房子被征收，我们租的那间房子在规划中要被拆除，和我一起住的两个同学搬到了县城的最北边，我一个人又住回了二姨夫的宿舍里。一个人住时，每天的时间就变得很长，晚上怎睡都睡不到天亮，周末也变得无聊。宿舍临街的地方盖起一栋大楼，把光线挡住，阳光每天只能照进来一个多小时。宿舍里变得越来越潮，越来越暗。某天我在墙上看见了潮虫，钻到床下去看，发现用砖头垒起来的四个床墩子里面已经生了很多潮虫。我把床板搬下来，把砖头一一搬到外面，在太阳下暴晒后再搭回去，后来晒被子成了我每天都需要做的事情。我一个人住时不喜欢做饭，生一顿熟一顿地把胃吃得很不舒服，最后我扛不住，还是去找了先前一起住的两位同学。他们新租的房子是一户人家的炭房，外面的院子用来放炭，房子建在一条排水沟的上面，窄而狭长，前后三间，一间厨房，中间设计成了客厅，里面是一张三角形的炕。房子结构奇特、好玩，以前住着一个美术生，墙上还有很多残留的画作。我又加入了他们的生活，洗锅、擀面、买菜。他们不让我做饭，因为我做的饭总是生的。这个房子附近没有厕所，每次要方便时就需要走到另一个庄子的公厕，公厕建在农田边上，人来人往，上厕所需要排很长时间的队，每天上厕所成了我们的一个仪式，一个人喊一句，我们便一起去。就这样又过了一段很欢实的日子。

一年后，供销社的那块地被房地产公司买走，住在里面的人开始慢慢搬离。水站没人管理,厕所没人清扫,小偷开始经常出没,我住过的宿舍也被偷了。住在最东侧的一个姑娘半夜差点被强奸,警察还来找我了解过那晚的情况。秩序一下子瓦解了,大门口没人看管,乱七八糟的车辆都停靠在大院里,走路时要在这些车的空隙里钻来钻去。

我搬到了县城最北边一位乡村老师家的后院里。住了半年后,学校的宿舍大楼盖好,所有住校的学生全部搬进了学校,吃饭就在学校食堂里。

我后来的高中才是真正的寄宿制学校,县城里那些曾经被学生住得满满当当的屋舍,全部空了下来。

五年后,我去车站,路过原来住过的供销社,因为地处繁华路段,那里已经建起几栋高楼,满满当当的。

县城里散落各处的住校生消失了,但学生们在镇里的住校生活才刚开始,小学生、初中生开始从村庄出来,住到了镇里。

那年我回家,去我二姨陪读的地方看望她。她的三个孙子有两个在上初中,一个还在上小学。那天中午她包了饺子。她对我说:"你们那时候住校都没有大人管,现在这些娃娃都需要人管。"我说:"我们那会儿已经大了,现在这一茬娃娃小学就开始住校了。"我站到院子里,看到一院子的孩子都穿着校服,坐在院子里纳凉,家长在屋子里做饭。二姨问我:"之前住校是不是遭了很多罪?"我说:"就是冷,那些年咋那么冷!还单,单得人难受。现在都有大人陪着。"二姨说:"初中和小学也在修宿舍,明年我也就不用到这里给他们做饭了。我做够了,在这里做饭不像在家里,可以慢悠悠的,在这里每天把人忙得晕头转向。"

我们那里的孩子从庄子里到镇上的时间就这样提前了九年,而下一茬孩子从幼儿园开始就要在镇上生活了。

就这样,人们走远、走到外面去的时间又提前了几年,再一步一步地走远,走得远远的,遥望着曾经的生活。

那些在辽阔的河面上独自飞行的鸟儿,有些绕着河边飞越了河的长,有些体力充沛飞过了河的宽,而多数都栽倒在河的中央,再也没有飞起。

麦子,麦子

有人问我,小时候暑假都去哪里?玩什么?我总会回答:"收麦子,晒麦子,上粮。"

有人问我,看见过晚上的大海吗?我总会回答:"我看见过晚上的麦地,还整夜整夜睡在麦地里,照地,看地。"

麦子,小麦,麦,我最熟悉的粮食。有两次,我差点因它而死,却不知为何,总是惦记它。每次吃面的时候,每次站在高处的时候,我总会想起那整片整片的麦地,仿佛伸手就能触到在微风中摇曳生姿的麦穗、麦芒。那些在墨绿和焦黄之间纠缠的、成熟前的麦子,在太阳落山后、地气未上来前,发出浓烈的麦草香,鼻腔里的那种味道能直接把人迷进梦中。

跑肚

小学二年级时,某夜,我的肚子突然越来越大,几个小时后,如同一个大西瓜。我还两眼泛白,像马上就要死掉一样。

追溯肚子突然变大的原因——那时候新麦子刚碾出来,我每天都要负责晒麦子,用钢叉把铺在院子里的麦粒一直翻搅到天黑。因为天热,我就光脚踩在麦子上,那种舒适感让我上瘾,然后我就放弃了用钢叉翻搅,每过半个小时就用脚在麦子上"作画"。画一幅中国地图,画一只大公鸡,再画一只兔子,玩得不亦乐乎,比用钢叉翻搅麦子多了几十倍的兴致。

到了晚上,在地上的潮气上来前,需要把麦子堆到一起，借着晚风把麦子里的土扬走，再装进袋子里，第二天接着晒。一般需要晒四五天，等麦子彻底干透就可以放进仓房了。

就这样，我可能是因为用脚翻搅麦子吸了凉气，肚子才会开始胀气。

当晚吃完饭，我躺在炕上，肚子开始变大，最后疼得直叫唤。我喊父亲，父亲过来瞧，他说放两个屁就好了。过了许久，屁还是没放出来，肚子却胀得能看见青筋。母亲说不行了，我的眼珠子都泛白了。父亲背着我往庄子里的大夫家奔去。母亲跟在他身后，跑得吃力，一会儿便跑岔气了，肚子也疼了起来。那时大夫已经下了晚班回家躺下了，大夫通常是每天下午五点到八点在庄子的大戏台院子里坐诊。我们庄子里的大戏台四周建了围墙，成了个大院子，庄子里的百货商店、磨坊、榨油坊、文具店、诊所都集合在这里，按照现在的话说，这就是庄子里的商业综合体。到大夫家叫开门，大夫穿好衣服背着医药箱跑出来，检查了我的眼睛和肚子，说："去药房吧，我手里家当不全。"他的简易医药箱是随身带着的，其他出诊工具放在药房里，庄子里管诊所叫药房。诊所在庄子的半山腰上，我家则住在靠山顶的位置。庄子里时不时会有人半夜来喊大夫，他早已经习惯了睡着后随时被人叫醒的生活。

到诊所后，母亲捂着肚子蹲在门槛上，院子里的土很厚，风一吹，就卷起一阵一阵的飞尘。在不挂幕布的时候大戏台就如同一只张着口的大蛤蟆，卧在那里一动不动，从诊所里往外看，母亲就像坐在蛤蟆的舌头上。大夫给母亲倒了一杯热水，然后让我平躺下来，检查了一遍说没什么问题，就是胀气，让我从诊所跑到山顶再跑回来，他们在诊所里等我。大夫给了我一把手电，用来照明，他还强调一定要疯跑，跑出一身汗再回来。我跑出院子，沿着庄子里通往镇上的那条路急速奔跑，手电筒在我手里上下晃动，照到前方时亮光划破长夜，照到脚下时会看到路面上的平时从未关注过的石头。一条走了不知道多少遍的路突然变得陌生了，似乎是我第一次走的一条新路。我跑到山顶，用手电对着亮着灯的诊所挥动了几次，看见整个村庄只有那一盏灯亮着，其他人都沉睡在自己的疲惫中，整个村庄都在梦里。

我关掉手电，怕打搅了庄子，转身原路返回。跑到诊所后，大夫问我放屁了吗，我说一个都没放，他说是跑得不够多，要再去跑一圈。我又出了门，这一趟我摸黑跑到山顶,没有第一回跑得那么快了,越跑越慢。第一趟下坡时我跑得太急,大腿已经开始发疼,后脑壳都被震得发麻。第二趟返回时的下坡路我几乎是走下来的。到诊所后大夫让我再次躺下,摁了摁我的肚子说,这娃肚子不排气,还得继续跑。我说我跑不动了,大夫说跑不动就给你灌肥皂水。我一听,立马翻身起来又出了门,往山顶上跑。天好像越跑越亮,前两趟还看不见路边的树梢,这一趟已经清晰可辨,其实不是天亮了,而是我的眼睛适应了这条路上的光线。第三趟跑回去后我满身大汗,如同浇了雨。肚子依旧没变化,此时诊所里多了一个人,是庄子里的神婆,她因为头痛来开止疼片。神婆满脸雀斑,个头比我父亲还高,瘦得皮包骨。她见我肚子如怀胎三月,便上来摸了摸我的额头,说我是吸了凉气了。大夫问她有什么土办法吗,她开始唱了起来,唱腔如同秦腔,但词听不清楚。她问我听懂了吗,我说一句也没懂。她转头看向父亲,父亲说听懂了。她说我得把脏东西吐出来,让父亲找了个罐头瓶子来。她让我平躺下来,让母亲过来摁住我的头,开始从我下腹部往上使劲捋,捋到后来我开始犯恶心了,她一把揪住我的胃部,使劲拽了几下,我感觉肠子都要被她拉扯出来,"哇"

的一口就吐了,父亲赶快用瓶子接着,我全都吐到了瓶子里。神婆拿好瓶子,盖上盖子,说:"回家时在路边埋掉。"然后转身走了。等大家反应过来时,我的肚子已经平坦如初了。

回去的路上我依然四肢无力,被父亲和母亲架着,两脚悬空,一路到了家里。

第二天晌午,我在家门前继续晒麦子,神婆赶着她家的驴路过,看见我便死死盯住,但一句话也没说。打那之后,我每次见到她,都不敢直视。

献天爷

每年晒完麦子后,人们会特地淘洗出一袋子麦子来,拉到大戏台院子里去磨新面。一年的新面,必须第一时间吃,不是给自己吃的,是给老天爷吃的,老天爷吃了,人才能吃呢。

磨坊里人很多,都想赶麦子最新鲜的时间磨面,排队都排到了院子外面的路上。人们把车放在那里,让车替自己排队,自己去下地干活,约莫着快到时间了再回来。车子能替人排队,因为有一样的麦子,却没有一样的车子。磨面机轰隆隆地一整天响个不停,电机过热时磨坊主会抽根烟暂停一下。苏庄有两家磨坊,磨面的功夫不一样。一家干活慢,磨出来的面细;另一家干活快,可以根据需求选择面的粗细。他们两家还有个差异，一家有碾小米的机器，另一家有粉玉米的机器。磨坊主会扛一袋麦子爬到磨面机的顶上去，磨面机顶上有一张"口"，需要把麦子"喂"进去。我有时候会觉得磨面机其实就是一头对着天张开大嘴的牲口，喂生麦子下去，能生出来面。扛起一袋麦子简单，但再上到四米高的磨面机顶上就得有功夫，人要走在一张光滑的木板上，腰间得有劲。磨面机下面有三个口，一个出麦壳，一个出麦麸，一个出白面。出白面的口下面放着一个大铁盆，盆里放着一把铁勺，其余两个口得有人提着麻袋等着接麦壳和麦麸。所以机器一开，就得有三个人忙活这件事。我经常站在磨面机下接面，等工作完后就变成了一个"小老头"——面粉把我的一头黑发染成了白丝，比头上落雪染得还匀称。

新面粉的味道香飘四野，老天爷能闻见，山顶那座庙里的神仙也能闻见。谁闻见这味道都得馋，味道蹿进鼻子里、沁进心坎上，鲜香，是新的味道，这种味道别的东西替代不了，因为太独特了，只有每年春天第一场雨后的泥土散发的气息能与之媲美，第二场雨后的气息就逊色许多。

干完活，我拍拍雪白的头发，拉着面粉回家，一路上鼻子里除了新面粉的味道就没有其他的了，整个人都被新面粉的味道迷住了。路过的人问："新面下来了？"母亲笑呵呵地回答："今年早点吃新面，老天爷等着呢。"其实每年都想再早一点，一年想比一年早，麦子熟了后就会千赶万赶地赶到这一天。

第二天，奶奶和母亲一早起来就要发面，发好后就放在还有余温的灶膛上。午饭前，面发好了，一盆瘪瘪的面会变得鼓鼓的，甚是喜人。揪一小团下来，捏几个手指头大的小圆球，埋到麦草烧的柴灰里，几分钟就烧熟了。母亲会喊我和弟弟过去，给我们一人一个烫手的黑面球。我们拿在手里吹一阵，掰开，热气直接扑到脸上，再吹几下，放进嘴里，仔仔细细地嚼几口。母亲问："碱大不大？"我说："大了！"弟弟说："不大。"母亲自己掰开一个，也吃上一口，拿到院子里在太阳底下看了看，说："不大。"问奶奶，奶奶说："刚好。"

母亲总是会让我和弟弟试吃每年的第一个"新面球"，新的，代表着希望。她知道我们根本不会尝出碱的多少，只是象征性地问问，逗我们玩一玩。

接下来就要开始正式烙馍了。把发好的面倒出来放到大案板上揉，使劲揉，用擀面杖擀，擀出十来个小圆饼，撒上干面粉放着。用柴火把大口锅烧热，把面饼放进去，撒上一层芝麻，抹上一层胡麻油，来回翻到表皮泛黄，把火撤走，将面饼放在锅里焐一阵子，做好的馍就能出锅了。第一张馍有脸盆那么大，一寸厚，搬一张炕桌放在院子正中间，再把馍放在炕桌上，献天爷。

头一次献天爷时，爷爷骗我说天爷吃完馍后馍会变薄，让我一定要盯住，看看天爷是怎么吃馍的。我蹲在炕桌前，看了半小时，太阳把我都晒出了油，馍还是没变，馍被晒得表皮裂开，还是没变薄。爷爷担心我被晒晕，过来喊我回去。后来每次献天爷，我还是会蹲在旁边看，只不过我会搬个小凳子坐在阴凉地里看，看馍变凉。要防着鸽子、麻雀过来吃上一口，馍被吃了老天爷就会生气。也得看着蚂蚁，一个蚂蚁发现了馍就会招来一群蚂蚁。有一年我睡着了，四五只麻雀吃了不少馍，还拉了粪，我抠掉上面的痕迹，拿回厨房说是我吃掉的。

献天爷一般献一个小时就行，献完正好吃午饭。献天爷这一天，一般是吃烩菜，要就着新馍吃，有时候会煮一锅汤，把馍掰碎了泡到汤里吃。姑姑有一年回娘家赶上了午饭时间，给我们做了甜面汤，稠似糨糊，再把馍切成三角形,蘸着甜面汤吃。

一年一年这样下来,献天爷成了我计算年月的方式,一年总要从这里开始,用新粮食开始新的一年。

上粮

献完天爷,庄子里的大队长会送来一张条子,上面写着今年要去粮库缴多少粮,要缴多少粮是根据每家的土地量决定的,相当于农业税,家家户户都要交。哪家不交,大队长就会天天去他家里喝茶,从夏天喝到冬天。大队长经常被几个耍赖皮的人拖着,他抱怨,肚子都喝大了也没人负责。

上粮的窗口期是两个月。麦子要选干的,旧麦子也可以,但要干净,也不能有虫子,不然拉到粮库去也是白费工夫,粮不能缴上去,还得费劲拉回来,所以不能偷奸耍滑,最好一次性过关。缴完粮,粮库的人会发一张回执,把回执送到大队,这一年的上粮工作就算完成了。有很多次上粮的事我都记得模模糊糊的,唯独有一次,我记得特别清楚——那天下了雨。上粮是怕雨天的,艳阳高照才好出门上粮呢。

那天起床后,我一出门就觉得太阳很毒。母亲戴上大草帽,又从墙上给我取下一顶小的,那是去年新扎的、专门给孩子戴的草帽,帽檐比大人的要小上一圈。不管是大人的草帽,还是孩子的草帽,帽檐一般都宽于肩膀。父亲在收完麦子后便早早去银川打工了。上粮的前一天我和母亲借来秤,称出足量的麦子,还多准备了十斤,粮库的秤和我们庄子里的秤有出入,有时候多称,有时候少称。

当时我家门口的路还没有用水泥硬化,也不像后来的新路一样平坦,往庄子的主道走时有一小段陡坡,我和母亲一次拉不动三袋麦子,只能先把三袋麦子分次扛到庄道上,再装上拉车,运到粮库去。出了庄子,上了去粮库的公路便平坦多了,我一个人就能拉得动车。走到镇上时,我见一路全是上粮的人,有用驴驮的,有用牛拉的,也有用拖拉机运的,这些人通常来自离镇子较远的庄子。我们跟在队伍后面,往远了看去,全是尿素袋子的颜色,被太阳照得明晃晃的,刺眼。还没有到中午,衣服却已经湿透了，路上会遇到上完粮往回走的人，我问他们今年验收粮食严不严格，他们回答说："今年是一位从县里来的女同志验收，手里拿着一个机器，严得很，好几家都被打回去了。"打回去就是要退货。

我们家的地少，所以车轻，我一直往前赶，很快走到镇子中间了，看见了我母亲的堂哥，我也叫舅舅，他是个拖拉机手，常年以运货为生。我这个舅舅很出名，从镇上回他们庄子的路多数是下坡，为了让拖拉机平稳，他总是倒着开，车斗在前，驾驶座在后，这种独特的开法让他和其他开拖拉机的人有了区别，所以夏天碾场的时候，他总是能接到好几个庄子的活，钻进每个庄子里就会没日没夜地碾半个月，三个月后才能回家，和出远门打工一样。他技术好，麦场小了也能碾，麦子摊得厚了也能碾干净，还有些地势复杂、半圆形、三角形的刁钻麦场，别的人开不进去，他都能搞定，所以过了碾麦期，他还有好多活干。这个舅舅对我们家很是偏爱，他如果来苏庄碾麦，就会住在我们家。母亲给他做的饭合他的口味，毕竟他们小时候是在一个庄子里一起长大的，所以口味相同。这一天，他的拖拉机上装着五十多袋麦子，他告诉母亲那是三家人的。他们那个庄子地多，每家都有六十多亩地。他问母亲要不要把我们家的麦子装到他车上来，他捎带着帮我们家上粮，让我们先回去。母亲说算了，东西不多，稍微走快一点也就到了，缴完粮还能顺道买点菜回家做饭，中午打算吃韭菜饺子。

再往前走，路上还是一车一车的粮食，是从四面八方来的、全镇的粮食。人们脸上看不到秋收时的疲倦，笑容都绽开了，偶尔有几个人讨论着自己家的平均亩产，看起来得意扬扬。看到这天气、人数、一路的车辆，人们就知道这是个丰年，粮食让人满足，让人有活着的底气，让人对未来有期盼。街边的小吃摊周围停放着无数拉粮食的车，点上一碗凉粉或者凉皮，解饿又消暑。

到了粮库门口，我们等在那里，我看到门口那几家磨坊的窗户上多年以来粘着的面粉、小米屑、灰尘，不由得往更加久远的日子里去想——够久了，那些无可追忆的日子。庄子里停电时，我们家也在这几家磨坊里磨过面、榨过油。粮库的门是全镇最大的门，每次这两扇青色的大门打开时，就有几十辆卡车从里面出来，浩浩荡荡地穿过镇子，把粮食运到更远的地方，那种气派令我着迷。

那意味着一种与外界间的、别致的连接，也展示着这一片大地的能力。

进了粮库后,我们被分流到另一支队伍中,工作人员特意将离粮库比较近的庄子安排在第二道院子里验收粮食,把前院留给了离得较远的庄子。粮库的院子巨大,没有一棵树遮挡。排队过磅时,上粮的队伍迎来了第一位检验员。他会拿一根空心的锥形铁管插进袋子最深处,再抽出来,捏起铁管里的麦子咬上几颗,如果发出嘎巴嘎巴的声音,上粮的人就算过了这一关,可以继续排队。若是袋子底下的麦子是潮湿的,咬起来没有声音,便会被劝退,要回家晒干了再来。有些人不服气,就地把麦子摊在粮库的地上晒干,临下班前再缴,缩水的斤两就等回家后在大队用钱补齐。这些都是种粮食的农民,是很少有人不缴粮而缴钱的。

快到中午的时候,太阳更加毒辣,人们纷纷站到粮库的房檐下,抽烟、聊天、等待。

那天我和母亲就这样等到了一场阵雨,雨来得很猛。大家在粮库里看不见远处的云彩,等起风时,雨已经泼了过来。来不及收拾粮食的事情我是经历过的,有几次我们正在碾场,突然看见乌云,也就过了二十多分钟,雨就下来了,根本来不及把麦粒收拾出来。雨水穿过摊在麦场上的麦秆渗入地皮，把麦粒冲走，麦粒很光滑，随着水直接进了排水沟。麦场太大了，找齐所有工具也只能收拾一半麦粒，其余一半眼看着就被雨水带走了。所以碾麦要看准天气，不然就损失惨重。我见过在大雨中跪在地上哭得撕心裂肺的人，看着麦粒像水一样流到涝坝里去，十几亩地的麦子就那样被水冲走，一年的辛苦瞬间被毁掉。我们镇就有一位因为麦子被水冲走而着急疯了的人，后来她每次在街道上溜达时，总是提醒人们天气的重要性。在没有脱粒机的年代，粮食与人、人与天，每年都要经历几次殊死搏斗，粮食才能到粮库里走这一回。

大雨将至，粮库的工作人员让大家把车赶紧拉到空着的库房里。因为对粮食的珍惜、偏爱和尊重，人们移车的速度居然有了节奏、有了章法，似乎瞬间变成了战场上身着铠甲的战士，自行组成了三队，不一会儿，全部粮食就都进了库房里。对当时年纪还很小的我来说，库房大得能装下一座山。一百号人站在库房里避雨，铁皮屋顶被雨水击打，声如爆竹。阵雨转成小雨后，很多人会冒着雨回家，把粮食暂存在这里。还有一批人则等着、盼着雨过去，他们才能把粮缴了，好完成这件事，再去继续忙其他的事。雨下了好几个钟头,该冷的冷了,该饿的饿了。

母亲出去找舅舅,然后回来喊我。舅舅认识的人多,他在粮库一位工作人员的宿舍里喝茶,我和母亲也借光在那里喝了杯热水。那时,我突然发现舅舅右手的五根手指都不见了,只剩下拳头,上面的皮肉像是被烫伤后留下来的。母亲问舅舅下雨天胳膊疼不疼,舅舅说疼,这胳膊现在都成天气预报了,下雨前就疼。没有人说他的手是怎么没的,我也没敢问。在宿舍喝茶的那段时间里,我时不时会看看那只只剩下拳头的手,我觉得奇怪——之前我怎么没有发现呢!

天开始渐渐亮堂起来,那位工作人员回来后让我们去隔壁他女朋友的宿舍,他有事情,要出去,三四天不回来,得锁门。我们三个去了隔壁。那个女孩子年纪不大,刚参加工作两年。女生的宿舍和男生的差别很大,干净整洁自不必说,重点是处处透着舒心,舅舅和母亲被他们庄子的人叫出去说话了,那个女孩子要去食堂吃饭,宿舍里只剩下我一个人,幸好录音机开着,我听完一曲接着一曲,最后趴在办公桌上睡着了。

我睡着的时候做了一个梦。在梦里,我站在占地一百多亩的粮库中,房子全部消失,人也不见了,只余下水泥地面,地面上铺着麦子、玉米、谷子,我一个人站在最中间,开始慢慢转圈、转圈、急速转圈,最后晕倒在粮食上。

不知过了多久,母亲进来喊醒我,开始夸这个宿舍很整洁,一并赞扬了女孩子的美貌,还对我说,要好好读书,长大了才能找到好看的老婆,家才会被收拾得这么舒服。要是能在粮库工作,那就更好了,一年只用忙一阵子,余下的时间就背着手在街上溜达,多好的工作啊!

是的,我见过老师享有操场、篮球场、校园,那已经够大了吧;我见过森林警察享有树林子、半座山,那也够大了;但都没有粮库的工作人员享有的空间大。粮库特别开阔,我羡慕这种开阔,心都亮了。

母亲买了凉皮和白面饼,我们吃完后,太阳挤出云层,阳光洒在地上。我们本打算吃完就回家,明天再来,但看到天气好转,地面上的水没多大工夫就干了,收粮工作便继续进行,好像刚才那场雨就是一场梦,人们都各就各位。

直到太阳西斜,还没轮到我们家,院子里没剩下几个人了。在粮库待了小半天,把我的胆子待大了,开始挨个到库房里去转悠。有些库房里麻袋垒麻袋,有些库房里放着犹如高楼的铁皮麦仓,有些里面是直接堆起来的麦山。

我曾站在山头看过微风吹动整座山的麦子,一浪接着一浪;看过长在地里的一望无际的玉米;看过在烈日下垂着腰的大头谷子,但亲眼看到这种如山一样高大的粮食堆,我还是被震慑了。我开始想象:如果把全镇所有人家的粮食都拉到这里,堆在一起,是个什么景象!

走到最后一个库房时,我看见靠近门口的麻袋角上塞着一张报纸,我凑上前去看,露在外面的部分是一则笑话,我歪着头读了一半就瞧不见余下的内容了,使劲把报纸掏出来,读完了上面的笑话。当我再次抬头时才看到,刚才被掏了报纸的麻袋角上有个口子,正在往外漏麦子。我把报纸夹在胳肢窝里,用手使劲捂住口子,这口麻袋被放在从下往上数的第三层,上面还垒着二十多层麻袋,重压之下,麦粒像子弹一样往外跳。我的双手根本使不上力气,很快脚下的麦子就堆成了一座小山,我的脚和腿已经被埋在了麦粒中。此时我突然腾空而起,双手离开了麻袋,人也被移到了库房外面,等我双脚落地时才知道,我是被一个男人抱出来的。

我的胳肢窝里还夹着那张报纸。

顷刻间,叠了二十多层的麻袋全部朝着库房门口的方向倒下来,有几个麻袋还滚出了库房,滚到了太阳底下。母亲跑过来,在我屁股上打了好多下,她吓哭了。

好多人围了上来,粮库的管理员说:"昨晚发现老鼠把这个麻袋咬了一个小口,口子不大,就用报纸塞住了。这些粮食是打算明天运走的,没想到差点砸死这娃。"

我看着大人们围在一起,每个人都向我投来我看不懂的目光。母亲不断地给粮库的人道歉:"实在对不起,现在该咋办啊?这粮食要不要赔啊?我给你们装起来吧。"

粮库的人说粮食我们不用管了,明天来车就能运走,漏了的那一袋麦子再找个新袋子装起来就好。

缴完粮,在回家的路上,母亲一直说,今天我要是出点事,她会后悔一辈子。我说,前几天肚子胀都没把我胀死,我能活下去。母亲说:"你这娃,惹事精。"不知道母亲是在关心我,还是在埋怨我。看着路边地里那些还在拼命生长的玉米、土豆、谷子、胡麻、菜籽,它们都在等待成熟的时节,迎接人们的收割,我顿时觉得心里很踏实。我想跑过去,对着它们说话,闻闻它们的味道，在里面滚上几圈。

我看过很多的麦子，从一棵麦苗，到一亩麦地，再到整山翻滚的麦浪；也见证过麦子的一生，从下种到收割；还了解麦子的每个部分，从土根到麦芒。我从出生起就和麦子生活在一起，一年又一年，直到离开家乡。以前，伺候麦子是我最主要的工作。它还没长到地里时，我就在地里翻地、除草；它长到地里时，我喷药、收割。

麦子是我童年最长久的伙伴，曾经在我的世界里无处不在。春夏秋冬，在不同的地方我都能见到它。麦秆、麦垛、麦粒、面粉、馍馍、麦麸，它被分割成不同的部分，变幻成不同的样子，用严密的存在感包围了我。不同的节日里，总会有人想起它，不同的场景里，也总有人提到它。就连现在，每年秋天，同学们回家后还会在聊天中说："麦子熟了，都快回家来收麦子啊！"收麦子是比天大的事情，而麦子也成了我们和家乡之间一个比节日更为具体、更有味道并从未更改的情感联结。

深夜，我在旷野中行走，总能听见生长的声音。那声音是神秘的，是从不喧嚣的，那是麦子拔穗的声音。麦子是在夜里偷偷长大的。白天，它们都藏起了自己的心思，铆足了劲头，等着夜里生长。我曾把它们捧在手心，枕在头下，嚼在嘴里，铺在身底；也曾在深夜的野地里照看过它们，帮它们赶走鸟兽；还曾在暴雨天抢救过它们，然后和父母躲在窑洞里看着一道惊雷劈到脚下。

每次回到老家的第二天，我都会找一个清净的时间跑到田地里，走上几圈，看看麦子，看看今年这里又都种了些什么粮食——依旧是我认识的那些。地里没有陌生的粮食出现，这让我安心。

我还是它们的朋友，熟悉的朋友，没有被遗忘的朋友。

在自家的粮食房里摸摸这个麻袋，捏捏那个麻袋，把粮食拿在手里看上几遍，记住每一粒粮食上的纹路。和街坊四邻坐在家门前，聊聊地里的事情，聊聊粮食，说说光景。

国家取消农业税后，人们不用再去上粮了，粮库荒废。距离我差点因麦子死掉两次的那一年已经过去了二十多年。我去粮库走了一圈，院子里长了不少荒草，那些记忆中巨大的仓库其实也没有多大。粮库的一半被改建成了幼儿园，只有另一半还留在那里。

人间棉花糖

某天我做了一个梦,梦见了小时候的四季,春夏秋冬。我手中拿着一个云朵那么大的棉花糖,从三四岁开始跑,跑到了十岁,棉花糖在我手中越来越小,最后只剩下了木棍,我站在田边把木棍栽了下去。到了十五岁,它长成了一棵松树。

所有的事情全部连成了一个梦,一个很长很长的梦,我要把这场梦记录下来。

一切应该从那天早上说起,我突然下定决心要去看看对面山上那个明晃晃的东西到底是什么,为什么每天早上九点那里就会准时开始发光?那时候的我还没有被扼杀好奇心和冒险精神。

正好这一天家里的大人都下地去了,我备好干粮、灌满水壶,便出了门。

有个每天发光的东西已经吸引我半个月了,我必须去看看那是什么。经过几日的观察,我确定那个东西在对面山上从上往下数的第三块地的埂子上。

失望的是,我走了半个小时,就找到了那个东西,那是一块暖水瓶"瓶胆"的碎片。不知是谁家的暖水瓶碎了,丢在那里的一块碎渣被太阳照得耀眼,云彩移动,它便时断时续地反射着阳光。

现实和想象的落差第一次在我人生中发挥了力量,难以名状的酸楚在我心里种了下来。

打春

　　清明前,西北的黄土高原上刚拔出绿,风也软了,脱掉厚实的棉衣棉裤,人们的身体轻巧了不少。柳树冒出新叶,折下最光滑的枝条,把皮完整地拧下来,用刀截成三寸长,把枝抽出,就成了一支柳笛。一吹,丝溜溜吱咿呀地叫,牲口听得见,村庄也听得见,这是庄子里春天的第一种声音。

　　地里的野菜从土中冒出新芽来,在周末提上一个小篮子,篮子里放上一把铲子,看姑娘们在哪块地里挖野菜,男孩子也会凑过去。男孩子没耐心,挖一下午,只能收获可怜的几根,女孩子早就挖了高高的一篮子,压得也瓷实。男孩子会从这个姑娘的篮子里捏出来一把,从那个姑娘的篮子里扯出来一把,再放到自己的篮子里晃一晃,篮子看上去也满满当当的。风不急,把人慢慢吹暖,这风吹得细致,把每一根草都吹醒过来,连坟地里的草也见了绿。

清明节这天要去上坟,我心上头一份的惦记可不是盼着去看看祖宗们,而是那口好吃的。

清明这天,只上两节课,老师便把学生们放回家了。回到家里,母亲和奶奶早就备好了上坟的吃食。一盘炒鸡蛋,一盘炒洋芋面筋,一盘油饼,一碗擀面,几个馒头,一张油千[1],一盘炒豆腐,这些被统称为"献饭"。外加一壶酒,有时候还有甜胚子[2],每家每户都用长盘子盛着。早几天的时候,父亲就备好了坟纸与冥币,全家人端上这些东西,在门前集合。在县里和镇里上班的人也早早赶来了,这时候便能看得出哪一脉的人多、家口大。去上坟的路都是小路,排成一行,从山头上往下看,路成了一条条蛇,一个庄子的小路有上百条之多。

大伯每年负责带一张小桌子,这张桌子的用处很大。

要先去最老的祖宗坟前,那坟堆早已被风吹平,看

---

[1] 油千:千层油饼,西北传统特色名吃之一。
[2] 甜胚子:用莜麦加工而成的一种西北地区的特色小吃。

不见了，幸好大人们留了记号。每次都要去记号前找找，拉条绳子找出来原先坟地的位置，开始上香、烧纸。如果找不准位置，上坟就上到了荒地上，便宜了孤魂野鬼。

接下来要去给太爷那一辈的人上坟，坟头清晰可见。小孩子们负责压坟纸，坟纸就是不用烧的纸钱，裁切成人民币大小，有些用印版印了，有些只用人民币象征性地压了一下。别以为看不见印记就可以糊弄先人，那可是先人，糊弄不得。要用土块把坟纸压在坟头上，一块坟地压几百张。后来的几年，我们也会把纸钱插在坟头长起来的芦苇秆上，芦苇这时候还枯黄着呢，秆子尖锐，几百张插下来，整个坟地看上去白花花的，像开了白牡丹一样漂亮。

大人们负责烧纸、祭酒、放炮、撒献饭。这一天，坟地里的鸟儿也变得多了，都是闻着味来的。人走了，鸟儿们就开始吃饭了。

祭奠完共同的祖先，再分头去祭奠自己家的一些孤坟。早逝的伯伯、叔叔、婶婶，都是要单独埋的。我太爷这一脉的人在另一块坟地，那里埋着四个人。我爷爷这一脉的人去那里上坟的时候不用磕头，我问为啥，他们说因为那是太爷第二个老婆的子孙后代。但我们也要帮着压坟纸、放炮，我琢磨着反正都是亲人，有啥不能磕的。

最后，所有人在一个路口集合。意爷会找一个避风的地方，天气好的时候就直接在坟边上，天气不好的时候就近找一个麦场。他把大伯拿的那张桌子一摆，把剩下的献饭都放上去，摆好碗筷，便会喊过来所有的小孩子，说："你们快吃吧。"我们抓起筷子，开始狼吞虎咽，谁家的鸡蛋炒得好、谁家的面条入味、谁家的面筋放多了面粉，我们都能尝得出来。给先人们做饭都不会马虎，就像给神仙做饭一样。这一顿饭吃得比过年都香，这些菜平时一个节日只能吃到一两样，在清明节能吃全乎了。

小时候我很期待这一顿饭，这一顿在野外的饭，是农村小孩子难得的正式野餐，吃到最后，站起来时肚子都胀得发颤。吃完我便直接去学校，也不用再回家吃午饭了。

清明过后，货郎挑着担子来了，他冬天不来，秋天不来，夏天也不来，只在春天来。货郎每次都是从田野间的小路上来的，远远就能听见拨浪鼓的声音。担子前面挑的是针头线脑、袜子布匹，担子后面挑的是铁皮青蛙、水枪、玻璃球，两个木箱子上分别放着透明的玻璃盒子，里面有很多小格子，每个格子里都是不一样的玩意儿。我从来没看见过下面的两个大木箱子里有什么，玻璃盒子里的东西我都看不够，也没工夫惦记箱子里的东西。货郎每次一来，就会被人围住，围一整天，换来换去。货郎饿了，就会用一双袜子换一碗面吃。总有小孩子因为想换玩具，母亲最后却换了布匹而哇哇大哭。孩子哭着，却没人哄，都忙着在货郎那里看新鲜呢。杏儿开花，没几天就结出了牛乳头那么大的杏子，有了核后，孩子们拿杏核开始"抱鸡娃[1]"，想要孵出小鸡来。也不知道是谁先这么骗小孩子的，说绿杏子的核能孵出鸡崽来，这个谎言年年被识破，但我们还是会一年一年地尝试，总觉得是自己的方法有问题。绿杏核只有黄豆那么大，里面全是水，皮儿白得像煮熟的鸡蛋。小孩子会将杏核放到耳朵眼里，放三四天，白天上课时放着，晚上睡觉时还放着，四五天后，白皮变黄了，摸上去软得像气球里灌了水，每个人都有两个，拿在手里玩，玩着玩着，时间就过去了。树上的杏核变硬了，也就没办法再"抱鸡娃"了，这一年孩子们又没有孵出小鸡崽来。

---

[1] 抱鸡娃：用棉花把青杏的内核包起来放在耳朵里，当内核的外皮变黄后剥掉，内核清亮透明，这就是"鸡娃"。

这个时候，真的小鸡崽开始在门前唧唧叫，那是卖小鸡崽的来了。黄色的小鸡崽在纸箱子里乱窜，撒一把小米下去，它们叫得更加响亮了。几百只小鸡崽半个小时就卖光了，每家都会捉个四五只，放在纸盒子里养几天，晚上还得放到炕上，十来天后才能放到院子里养，一直养到能生蛋，家里每天早上就开始有荷包蛋吃了。

打麻绳的师傅这时候也到了，找一块空地准备干活，师傅会在每个庄子住三天。谁家每年都有断了的绳，指头粗的麻绳每家都要备四五根，是按照人头算的，牲口也有自己的麻绳，架子车上也备着麻绳。炸爆米花的师傅嫌一个人无聊，经常和打麻绳的师傅结伴串庄。打麻绳都是大人操心的事儿，小孩子都围在爆米花师傅那里，玉米、小麦、大米，每次"砰"的一声开锅后，孩子们会上去抓一把，把嘴塞满。玉米、糖精、黑炭都是要自己带过去的，师傅不提供这些原料，所以糖精放多少成了爆米花好不好吃的一个关键，放多了见苦，放少了不好吃。做铝锅的师傅第三天也到了，把模子做好等着，谁家的铝锅坏掉了就得重新融掉，再做一个小的，融掉的铝水像银子一样被灌进模具里。

电影队来庄子里了，就会在戏场院子里拉起幕布。

晚上大家都会搬着小凳子到戏场院子里坐好,看武打片,每晚放两部。看着看着那些喜欢武打的小孩子们就相互比画起来,本来是简单的"切磋",不小心把对方给弄疼了,便真打了起来,又不留神把幕布扯到地上,武打片便只剩下声音,没了图像,大家都干着急。后来,全县开始换修新的电路,一部新电视剧刚开播两集就停了电,等电再接通时,上一部电视剧早播完了,接档的电视剧也播到了尾声,前面的剧情全靠猜。

雨水多起来后,我们开始放牛,去河沟里放,牛吃草,我们钻地道,钻堡子。

土地软了,我开始迷上了"捏瓦呜"。

捏瓦鸣

在井边的水沟里，有一大片红土，红到可以掰下来一块晒干后当粉笔用。我的数学老师就用这个给我们上课，他喜欢写字，粉笔常常不够用。而我们用这红土来捏瓦鸣，这种土的黏合力极大，是天然的好胚土。

瓦鸣是个乐器，其实就是土制的埙，因为吹起来呜呜叫，被我们叫作瓦鸣，之所以前面加上瓦，是它的烧制过程和制作瓦一样。

我迷恋瓦鸣是迷恋它的声音，沉闷得像极了哭泣声，尤其在深夜吹响时，声音从树林中穿过，直奔山梁子。也不知道是谁发明的做法，在学生之间手手相传下来。春意渐浓，天气暖和了，被冻硬的地面开始变软，红土也软了，总有人会挖几把红土捏在手里开始揉，一个人开始做了，其他人也会跟上。在做早操时，在课堂上，我们偷偷地揉，和揉面一样，揉到看不见一丝杂质，这个过程得费上一两天工夫。然后把泥放到桌子上，用酒瓶子擀，软硬程度要以能包住一块乒乓球大的圆土疙瘩为宜，太软了瓦呜不成型，太硬了黏合不住，这些全靠经验。

每次揉红泥，我失败很多次才能得到一块能用的。起初没经验，直接把乒乓球包裹到红泥里面，放置一晚，外壳晾干之后成了一个比乒乓球大几圈的红泥球，用刀在中间切开一道口子，把乒乓球拿出来，再用准备好的胶水把切口粘住，外面再抹一层红泥，手灵巧的话都看不出切口的痕迹。但乒乓球表面太光滑，使得泥球内壁过分平整，这样做出的成品瓦呜声音不响，我只好又回归原始的做法，用削笔刀把土块削成圆球包在红泥中。在红泥球还没有干透之前，用筷子在它的上端左右各打一个眼儿，吹奏时可以用手指控制它们，发出不同的声音，再在背面靠下的位置开一个稍大一点的眼儿，这是吹气用的。把土块拿出来之后，把空心的红泥球黏合起来，便可以放进火中烧制了。烧制的过程千奇百怪，可以放在灶膛中，也可以放在柴火中，或者放在炉子里，不同的过程烧制出来的成品总是不太一样，有些烧成了全黑的，有些烧成了红色的，还有些烧成了全白的，全白的瓦鸣是最好看的。我们通常只能看到结果，对烧制过程无从考究，连自己都不知道这些颜色是怎么烧出来的，火候、温度、时间全凭感觉。每天早上到学校，我们都会凑到一起相互看看彼此前夜烧的瓦鸣，和农历二月二大家一大早会凑到一起相互换着吃对方家炒的豆子一样，唯一不同的是，交换吃豆子也就能玩一天时间，瓦鸣能玩一个月。

我第一次烧瓦鸣时，趁母亲做饭把它偷偷埋进了灶膛里，谁知道烧到一半却炸了，把锅炸了一道口子。母亲非得找到罪魁祸首，把灶膛里的灰全部掏了出来，在一大堆草灰中发现了烧坏了的瓦鸣，把我一顿臭骂。我看到几片炸开的残片，非常不甘心，立下决心，一定要做出一个完整的瓦鸣来。

第二天一早我路过井边时挖了一块红泥，坐在教室里捏啊捏，结果在语文课上被老师发现了。他气坏了，让我带上泥巴去学校外面玩。我带着泥巴出了学校，坐在井口边继续捏。早上井口边潮湿，我就找了个向阳的地方坐着，没想到我大伯来井口挑水，问我为啥不去上课，在这里捏泥巴。我说我肚子疼，出来晒太阳了。

捏了一早上泥巴，我才发现，这泥巴在太阳底下更能揉出弹性，泥巴被晒得冒热气。中午，语文老师出来找我，说："我让你出去捏泥巴，你真在这里捏了一早上泥巴，你要气死我？"

经过一天的努力，我做好了模子，第二天顺利打开了红泥球，黏合也做得不错，万事齐备只欠东风。这时我突然灵光一闪，为什么不拿到砖瓦厂里偷偷放到瓦窑里烧呢，那可就是正规出厂了。当晚我就出了庄子偷偷进了砖瓦厂，跑到瓦窑那里一看，瓦窑上面的几个口正在咕咚咚地冒烟，窑口已经被封死了，这一批看来是赶不上了。有人过来问我："大半夜跑到这里来干啥？窑口可不能上去，很烫，会把你烫熟的。"我把手里的瓦鸣给他看，问他如何把这个烧出来，他让我回家把瓦鸣埋到炭炉子的土塘口上，炭要烧尽，不见明火不见烟，最后再浇水冷却。

我回家按照他的办法操作，第二天早上起来却忘记在冷却前浇水，瓦鸣没有变成青色，而是烧成了土黄色。

我拿起来站在门前吹了一下，瓦鸣"呜哇哇"地哭了，我哈哈大笑。

　　站在我们家埂子上的堂哥问我吹什么呢，我说吹瓦呜呢。他们一家十多年前就搬去了白银市，这趟回来住了十来天。他有一辆很漂亮的自行车，蓝白相间的颜色，像天空和白云，他每天在麦场里骑来骑去，羡慕死我了。他问我可不可以让他吹一下，我说那你要教我骑自行车。他说他的新车怕摔，让我把家里的车推出来，他用那辆车来教我。

自行车上的梦

二八自行车的横梁高,我们学自行车的那个年纪,谁都跨上不去,只能把右脚套进三角形的车架子里踩半圈,倒也快活,摔倒时还方便撑地呢。不过腿上被磕破皮是常有的事情,有时候甚至擦出了白肉。为了摔得安全,我们用玉米秆把四周的墙根都铺满了,快要摔倒时就直接躺到玉米秆上。我很快学会了滑行,接着就能上车蹬着走了。堂哥说,学会骑车前如果不摔几跤,学会了也得摔几个大跟头,所以不如在学会前先摔够了,以免后面吃大亏。第二天,祥爷的孙子小云、孙女小彩,还有另一个和我同龄的男孩小祖,都来学自行车了。第三天,住在我家下面一排房子里的那个比我小一岁的男孩小兵也来学了，麦场里一下子热闹起来。这时候的麦场地皮松软，没几天便被我们给碾实了，堂叔走过来，他让我们好好碾，把麦场给碾瓷实了，就省了他的工夫。更小的孩子会来这里打沙包、捉迷藏，也占着场院；晚饭后，掐麦辫、碾麻叶、织毛衣的大人们也会来看热闹。

没过多久我们的胆子就变大了，开始去庄子道上骑车，接着就敢上公路。背着家里人，我们还去了镇上，空前地关心马路上的车辆和自己的性命。

总有那么几个人是和我们一起长大的。伤疤、恐惧、流血，这些同时留在彼此生命中的印迹，是我们几个人记忆中最深刻的事情。我们一起学会自行车的人有五个，比我们小的孩子也喜欢凑过来玩，追求速度成为我们的一个重要的乐趣。我们每天都推着车，哪怕只能骑上一小会儿，也是车不离人。不过这也算一件危险的事情，得偷着玩。

那时候我们县的梯田建设了三十多年，我们那里称之为"做地"，当时已经接近了尾声，所以是绕着沟边建的，人们每次去"做地"都要走很远的路，要从山头走到沟边。

那天下午放学后，也不知道是怎么起的意，我们想骑车去看"做地"。我们骑车翻过山,往沟里去,一下子就骑到了沟底,找到了收工后准备往家赶路的父母们,他们整出来的一大块空地把我们的心揪住了。我们没有跟着大队伍回去,而是在那块空地上玩了起来。时间不长天便黑透,我们如同在一口大黑锅的锅底,看不见一点点光亮,大家一下子都慌了,推着自行车开始往山顶走,走了好几个小时,才到了山顶的公路上。一路上,任何风吹草动都让我们胆战心惊。由于没吃晚饭,体力逐渐跟不上,每个人回到家都筋疲力尽。第二天我们不约而同地达成了一个共识:下次再出去,要考虑回程的距离和路况,还要带上干粮。

一个天气凉爽的下午,我们集合了十辆自行车,准备去一趟更远的地方。远到什么程度?边走边看吧。有几个孩子比我们小,还没学会骑车,他们提出想坐在我们的后座跟着我们一起去。起初我们都是反对的,他们的家长知道后会很麻烦,有些家长脾气暴躁爱骂人,而且路上也不安全,出事了也难以交代。这群小孩非常执拗,决意跟着我们上了公路,我们在前面骑车,他们就跟在后面跑,跑得比我们骑车还卖力气,还一个个跳上了我们的后座。我们被他们的热情和气魄感染,没有把他们赶下去。我们一路往前走，带着探索的心情，走到了非常陌生的地方，感觉可以返程了，可心里的冲动还在，于是继续往前走，一直骑到了我们眼里的陌生感和心里的恐惧压倒了前行的冲动时，才觉得差不多了，就到这里吧。小祖说："到此为止，该回家了。"返程的路上我们更加快乐，车速都很快，还向后座的小孩子都交代了：脚一定不能动，手要抓稳，别慌。

就在我们全速前进的时候，骑在我前面的小祖猛地一个刹车，路上划出一道黑印，我们纷纷捏手刹，下来问他怎么了。骑车的小祖说他也不知道怎么了，不知道是不是轮子被石子卡了一下。我们问他后座上的小孩，小孩说也不知道。检查车子也没有问题，我们继续上路，不大一会儿，我看见小祖车后座上的小孩的脚在流血，一滴一滴地淌在路上。我们赶快喊停车队，把小孩抱下来，掀起他的裤腿，脱掉鞋子，发现他的脚已经破了皮，有两条很深的印子留在腿上，脚已经被血糊住了。我问他："为什么不说？"他说："说了你们下次就不带我玩了。"

小孩说完这话，再也忍不住了，疼得直哭起来，原来他在后座上挪屁股时不小心把脚卡进了后车轮中。

我们观察了一会儿，看血凝住了，就继续往家赶。大家商量好要把孩子送到医生那里去，还要喊小孩的家长过来。经过河边时，小祖把小孩的脚清洗了一下，发现伤口不深，大家这才松了一口气。回到庄子里，我们一起把小孩送到了他爷爷面前，并先承认错误，说我们不应该带他们出去玩。孩子爷爷检查了伤口，拿出酒精纱布给包扎了。爷爷没有骂我们，而是打了小孩的屁股几巴掌，送走了我们。

第二天，这件事被所有的家长知晓，我们的自行车都被锁了起来。之后大概三四个月的时间，我们再也没有碰过自行车。某天晚上，我去锁着自行车的房子里，把门从里面顶住，坐在自行车上，疯狂地踩着脚蹬，轮子空转起来，发出呼呼的风声。我捏闸、车轮刹住车、再踩起来……就这样踩到汗流浃背。我突然想到，可以去借自行车骑啊。

我们在庄子里找到有自行车的初中生，向他们借车，就这样借到了五辆。其实不是借的，是偷了父亲的烟拿去换的，一支烟能换一小时。小祖提议：我们再去更远的地方一次，这回不带小孩子，就我们几个去。

带上水壶，带上干粮，我们又出发了。那是个雾气还没消散的早晨，我们出了庄子，沿着公路一直骑，骑到中午的时候，在山顶上看到下面高楼林立、车水马龙。我们感叹："那就是县城吧。""对，是县城。""我们骑到了县城啊？""不对，我们还没到呢，只是看到了县城。""我们要不要骑下去，去县城啊？""可是都是下坡路，我们上不来的。""上不来，就饿死在县城了。""饿死可就麻烦了。""长大一点再去。""明年就去。"

后来，我做过很多次那天从山顶上直接骑车俯冲到县城的梦，也做过很多次骑着车在河流上、在山间、在林子里闲逛的梦。自行车仿佛长了翅膀，任意飞行，腾跃各处。

我们几个人在雨天、雪天、大风天都出去骑过车。长大一点后，自行车成了交通工具，用来走亲戚、载东西，每次搬出自行车就预示着路途较远，自行车承载的不再只是那种想去远处看看的梦想了。

暑假结束前，各处的瓜农把西瓜一车车拉到庄子里。我们从麦地里捡来零散的麦穗，再揉出麦子来换西瓜吃。捡到的麦穗好像是意外得来的，可以用来意外地享受一番。那时候我还需要去地里照地，就是照顾地的意思，因为怕被人偷偷掰掉玉米、挖走土豆,所以会搭个帐篷,人就睡在野地里。照地的时候,每天晚上抱一个大西瓜,埋在帐篷附近的土里,第二天拿出来冰着吃。我喜欢去照地,可以睡在地里,田野的风从身上掠过,把人吹得酥软,吹得迷瞪。第二天被太阳晒醒,田野里的小动物不知道这里还有个人,会被吓一跳,它们可能还奇怪:这人怎么不回家睡,胡睡在地里?

秋天来的时候,雨水多了,经常把庄稼泡烂在地里。庄子里有专门负责"打雨"的人,他们要披上雨衣去山顶的最高处,放几个冲天炮,把云彩打散。我们照地的人正睡在地里听雨呢,突然听见几声炮响,一会儿云彩就散了,雨停了,帐篷上的雨声从噼噼啪啪变成了滴滴答答。

这炮在傍晚连续响个五六次,暑假就结束了,开学了。开学的日子总是湿漉漉的,学校的院子、墙、大铁门都是湿漉漉的。大铁门上那把锁头经过一个暑假经常锈得打不开,第一个骑着自行车来上班的老师总是先要在学校门口砸开那把锁,才能进去。

新课本

开学的第二天,大家都盼着发新课本,可等了一整天还是没发新课本。连续下了好几天雨,课本还堆在镇中心小学。往年我们学校会雇一辆拖拉机去拉,今年王校长喊了十五个学生,要求每个学生回家拿一个干净的尿素袋子,第二天在学校集合,去镇中心小学把课本给背回来。我们从学校出发,抄近道,沿着最陡峭的那条路往镇上去,在路途中我们打打闹闹、蹦蹦跳跳,很快就到了镇里。街面上人不多,各个摊位还没有摆出来,那时候在街上摆摊还需要缴税,工商局的人每天会过来收五毛钱或一块钱。我曾经还很羡慕这种工作,觉得这些人可以穿着制服在街上认认真真地逛街,每个摊位都可以仔仔细细地看，顺道就把工作做完了。

镇中心小学在街道最尽头的山顶上，我们跟着王校长穿过街道时碰到了好几个别的学校的校长。张庄小学的校长开着三轮农用车，赵庄小学的校长开着手扶拖拉机，这些校长本事真大，啥都能开。刘庄小学的校长和几个学生吆着六头驴去驮书，只有谢庄小学的校长和我们苏庄小学的王校长一样，带着一群拿尿素袋子的孩子来背书。王校长取笑谢庄的校长："你连个机动车都不会开？"谢庄校长笑答："你咋不开个小轿车来？"王校长回说："你咋能和我比，我们苏庄小学多近，一迈脚就到了。"谢庄校长说："你咋不说吹口气就到了。"两人站在原地哈哈大笑，相互点上一支烟。我们苏庄小学的孩子便和谢庄小学的孩子混到一起，大家往镇中心小学走去。谢庄小学的孩子读书特别努力，我去镇中心小学读五年级的那一年，他们小学被中学录取了十六个人。下午放学，这些孩子走在路上，穿过苏庄的时候声势浩大，遇到农忙时节，经常顺路帮苏庄的人推车子。

这是我第一次到镇中心小学，二十多排教室从校门口一直排到后门，每一排教室的中间都有花园，唯一的遗憾是厕所在后门的最后一排。当时我就想，教室在第一排的同学要去趟厕所可真不容易，憋不住就可能尿到裤裆里了。结果我上五年级的时候，教室就在第一排，不过天无绝人之路，从前门出去，上个坡就是麦地，我们经常去麦地里小便。麦地的主人有一次找校长反映说他的地被人撒了太多尿，庄稼都烧死了。后来，每天第一堂课时校长便会把大门锁上。几天后，我们又发现从大门口进来后，向右拐的地方有一眼被封住的窑洞，我们就把窑洞打开，当厕所用。附近种庄稼的人不知怎么知道了，每周都会来掏一次粪，就近给他们的地上肥。不过这种事方便的都是男孩子，女孩子还是要跑很远才能上厕所。

取书那天，全镇的课本和作业本都堆在两间教室里，每个学校排队领书，结果这次苏庄小学的书还没有清点出来，这可难为了我们的王校长，他让我们先在外面玩，他要自己协助镇中心小学的老师当场清点。我们便在镇中心小学里到处玩耍，跑来跑去，看见什么都新鲜。我们觉得他们的教室更高，黑板更黑，桌椅板凳更好看，就连女同学也更好看，穿得也更漂亮，甚至觉得他们花园里的牡丹也都长得比我们学校的大。

书清点出来之后，我们进去装袋，那堆成山的课本散发的墨香勾得我们走不动道。我有好几次走神了，盯着这一片看看，到那一堆里瞧瞧，把手放上去一边走一边摸。王校长吓唬我们说："别弄脏了新书，脏了你们就被扣下来回不去了。"王校长又对另外一位老师说："这包装纸没用了，给学生们拿点玩去吧。"那位老师说："随便拿。"我们像乞丐看见热饭一样扑上去，从中间选出来自己喜欢的，那些包装纸多数是印刷时报废了的画册、海报，我们拿在手里如若珍宝，拿回家就可以直接用来包书皮。

装完课本之后我们又去另一间教室里装了作业本，每人扛着半袋子的书和本，力气小的给力气大的匀一些。出了校门，我们又一次走到了街道上。

街上的人变多了，扛着书走路不顺，街道被我们踩得像雨天的猪圈，不一会儿我们背上的白色袋子便溅了泥巴。一行十多人走在街上，壮观的景象引来不少目光，我们的步伐越发自信，背上的书也变得轻巧了不少。快走出街道时，从苏庄来这里开照相馆的老板拦住我们，帮我们把书都装到了他的农用三轮车上，还让我们坐在车厢里，我们就可以回去了。车开进了庄子，进了学校的院子，学生们围过来，王校长说："快去教室坐好，一会儿要发新书了。"

书发到手里,我坐在教室里不想回家,翻来覆去地看,把书摊开,捂在脸上,闻来闻去,真香啊,书怎么这么好闻!

我们去镇中心小学背书的这几个同学开始对其他人吹牛:"你们没见过像教室这么大的书堆吧。""你们想,那得多少辆东风汽车才够拉啊。""看看,我们的书皮多好看。"已经有同学把捡到的包装纸包在新书上了。

偷「背」字

开学后，学校里年纪最大的马老师成了我的语文老师，同时也是我的班主任。马老师只教三年级和四年级的语文，十多年来从不上其他的课。他有几个特点：他的炕眼儿最大，大到能把一头驴塞进去，每天下午他都会在学校里扫树叶，扫出一大包才够填进炕里；他有一把五米长的尺子，用来敲上课睡觉的学生的头；他怕冷，下午四点就要点火，冬天他从来不在黑板上写字，只会蹲在教室里的火炉边一动不动；他会要求我们按照单元背诵语文课文，可以不按照教学进度背，但学期结束时，每个单元的第一篇那里必须得有他写的"背"字。

他的字很漂亮，所以他要求学生的作业本也要整洁，上面不能出现污渍和涂改痕迹，写错了就要用刀片刮掉，哪一页刮破了就得重写。每周要交一次配套的练习册，做完一个单元，他就会在后面写个"阅"字。他是我见过的最具有仪式感的老师，永远穿一套中山装，端一只大碗，喜欢蹲着吃饭，吃饭时呼噜噜直响。有时候我们上自习，他也要端着碗进来看一圈，然后蹲在教室门口吃饭，能把全班同学都馋饿。

马老师的管理体系也颇具仪式感，所以在学生心中留下了很深的印象。第一学期的期末考试，我突然考了个第一名，成了学习委员，后来又兼任班长。学习委员干的事和班长干的事完全不同，但马老师有一个和其他班级不同的管理方式——学习委员要行使体育委员的职责，带着大家做早操和课间操。同学们去组长那里背课文，组长到我这里背课文，每个同学背的进度不一样，每天都会有同学背完一整个单元的课文，我就拿着他们的书，一本本翻到背完的单元开始的那页，折上角，拿到马老师那里签上"背"字。而我需要在马老师面前背诵，每次去签字时顺道背一篇。他要求很严格，只要我一磕巴，就让我重头再背一次。

马老师每一届学生的语文成绩都是全镇考试时最高

的，这方面他从来没有失手过，教学风格可谓严厉。他布置的作业是最少的，一个作业本一学期都用不完，第二学期还能接着用。他很爱护学生的作业本，每次我把作业本收起来放到他的窗台上，他总是第一时间拿回房间里，怕本子被弄脏。

每个得到马老师的"背"字的同学都如获至宝，能开心一个星期。马老师会抽查我们背诵过的课文，一旦发现谁走后门，就会让人写十来遍检查，于是几乎没有学生再敢干这种事。但我们班有个家伙，某天他偶然发现，用热馒头把马老师写在书上的"背"字在背面烘热，再用手指肚摁一下就能把字拓下来，然后可以再印到书上去，他用这个办法给自己印了三个"背"字。某天，马老师在教室随机检查大家课本上的"背"字，正好翻到他的书，发现了他的小伎俩，于是罚他去烧一个月炕。每天课外活动时，我们在院子里掐方[1]、丢窝[2]、抓五子、跳方[3]，把能玩的游戏都玩了一遍，他天天要去烧炕，却开心得不得了，因为马老师的女儿美得像天仙。那时候

---

[1] 掐方：一种棋类游戏，又被称为方棋、下方等，盛行于我国甘肃、宁夏等西北一带。
[2] 丢窝：一种把核桃或类似的球体滚掷到限定的土窝里的游戏。
[3] 跳方：又称为跳房子，是一种单脚在地上画好的方格里跳着踢瓦片的游戏，跳的时候，脚和瓦片都不能停留在线上。

马老师的女儿已经上初中了,天天帮他一起烧炕,还给他倒水、擦汗,他烧完炕回来就对我们吹牛,吹着吹着我们也羡慕起他来。

树叶掉光的时候,有一天早上,第一节课结束后,王校长吹响了集合哨。王校长的哨子能吹出各种各样的花活,早操时,他会用不同哨声指示我们跑"8"字形还是要跑"Z"字形。他那天吹哨让大家集合,说镇里有审判大会,给大家放假,希望大家都去看看。他还说,审判大会就是当场宣读判刑结果,犯人都是咱们镇里的,有些人我们还认识。解散后我们抄着小路一路往庄子外面跑,跑到山头上就听见镇里的大戏台院子里已经有人在讲话了,我们加快脚步继续往镇上跑,到大戏台的场子里却发现根本挤不进去,人挨着人。我绕到墙根,一寸一寸挪到最前面,那里横着两辆大解放汽车,上面分别捆着五个犯人,他们都低着头,脖子上挂一个大牌子,牌子上写着他们的姓名和所犯下的罪行。有一个牌子上面打了大红叉,写着"死刑",那是从我们庄子里嫁到了隔壁庄子的一个女子。宣读完判刑结果,两辆大汽车就会往镇外开,人们渐渐散去。此时我听见有人说那个被判死刑的女子要被拉到我们庄子对面的山头上行刑。

我拾起力气，使劲往对面的山头上跑去，一路跑一路看见那辆汽车在道上掀起了滚滚烟尘，眼看它上了公路，迅速远去，再出现时已经在对面的山坳里了。我跑得实在喘不上气，站在原地眺望着，只听见一声突然的枪响，像雷一样在山间劈开，回声不断，在山梁子间飘来荡去，我知道，那个人的生命已经结束了。

我继续往山那边追去，想看看他们行刑的具体位置。我跑上公路，钻进林子。这片林子我很熟悉，经常钻进来玩，我比较喜欢几棵姿态长得很诡异的树，空闲时会扛一把铁锹来给它们铲出个雨水窝，好让它们长得更高大一些。到了山顶后，我找到了行刑的那一片地，是犁过的麦地，上面全是乱七八糟的脚印，除此之外，什么都没有。

几天后，镇里的大戏台院子里来了马戏团，扎了三个帐篷。小孩子可以到最大的帐篷里面看马戏，侧面的两个小帐篷只允许成年男子进去看，所以我们对那两个小帐篷充满了好奇，总想找个缝瞧一瞧，围着四周转了一圈，那两个小帐篷似乎被"重兵把守"，毫无破绽。

后来有一次，我们晚上路过镇里的歌舞厅，有十来个人爬在窗户上，我也透过玻璃偷偷往里瞧了瞧，里面的男男女女抱在一起跳得正欢快,有人说马戏团那两个小帐篷里的情景估计也是如此。这时候,有人从歌舞厅出来冲我们喊:"小鬼,看什么呢?"还追过来要抓我们,把我们吓得一口气跑回了庄子里。

第二天晚上,我突然很想去看戏,之前我看过一出《周仁回府》,那是我第一次站在戏台下看一出戏看到入迷,最后还被感动得流了眼泪。周仁是一位声音苍凉的女演员扮演的,最后一幕《哭墓》中的情节让我委屈得直跺脚。那晚我把自己包裹得很严实,然后往镇里走,路上的人问我去干什么,我说去看戏。他们说戏班子下午就走了,我说:"不是要唱六天六夜吗?今晚的夜戏不唱了?"他们说我傻,怎么这么实在?人家会偷懒啊。我不信,要去看看,到了戏场,发现院子里只有被风刮起来的塑料袋和黄土,空无一人,戏台口黑黑的,在那里张着口。几片雪花从空中飘下来,冬天来了。

我没有看上最后一场戏,却遇见了这一年的头一场雪。

扫毛衣

雪来了,人就歇下了。

雪来之前,人们给牲口铡好了草,给人腌好了菜,给炕也准备好了"毛衣",秋天的时候不仅要去扫树叶子,还要去田埂上铲枯草,准备的玉米秆根本烧不到开春,全靠这时候"扫毛衣"。不知道这个词是怎么来的,创造出这个词的人肯定是一个有童心的人,这个毛衣不会穿在任何人的身上,也不会穿在冬天身上,而是会被烧进炕里。秋天,每家每户都开始积攒"毛衣",攒到麦草垛那么大,才心安。

母亲每天都会把门前的埂子扫到见土,还会把深沟的树林子也扫到能看见土,然后一背篼一背篼地把扫成一堆的枯叶往家里背。每家都默认各家地前面埂子上的枯叶归各家所有，地边上的树林子也是如此，而山顶上树林子里的枯叶，谁到得早就算谁的。

秋天的时候，老天爷好像是故意让人们清扫一次大地来迎接雪似的。目力所及，能扫的地方都被人们扫完了，扫得和自家院子一样干净，雪才舒舒服服地躺到大地上。

一觉醒来，雪把院子埋住了。人们不急着铲雪，而是会拔腿往公路上跑。出了院子，耀眼的雪光一下子把人的眼睛刺得迷糊，白茫茫的一片，零星的一些黑是路边的大树，人们便冲着大树跑去。

这么厚的雪，压倒了无数棵树，"扫毛衣"变成了"拾毛衣"。

多么可爱的人，他们不砍伐树木，树枝被雪压折了，他们才会拾回家。公路两侧都是柳树和杨树，树干高，遇到大雪枯枝就会被压折，掉下来，留在公路上会阻碍车行。人们去捡树枝当柴火，同时可以清理路障。有更早起床的人，他们先发现了是场大雪，起太早没用，树枝都是在清晨时分才被压断的，哪怕站在树底下等，也得等到清晨。雪一粒粒积攒起来的力量为人们制造了一场清晨额外的忙碌。

"拾毛衣"也是有窍门的,先要捡一棵大的树枝垫在下面。有时候能捡到一棵小树那么大的树枝,然后把细小的树枝一根根地放在上面,一路走一路捡,最后捆起来,拖着回家。遇到更大的雪,一两趟是捡不完的,有时候会捡个五六趟。从庄子的道上往外走,雪地上都是树梢划出来的印子,每个路口都有这样的印子,这些痕迹最后会汇合到主道上,再散入每家每户,可以通过印子在每家门口的杂乱程度判定谁家的收获最大。

母亲每次"拾毛衣"时都带着我,她不想一趟趟地跑,那样捡不了多少树枝,她会捡出一小堆后让我看着,再捡出另一小堆,我则把这些小堆汇集到一起,堆成一大堆。有一年雪太大了,一庄子人忙活了一个早上还没捡完,有些树甚至整个树冠都被雪压折了。

我喜欢看人们"拾毛衣"的景象。雪够大,空气够冷,大地够整洁,路面被捡得干干净净,一点儿渣都没有。最后一趟,有些老人会背着筲上来,拿着火钳,一小段一小段地捡树枝,捡回家烧个火盆喝早茶。

"拾毛衣"——这是贫穷赋予人们的耐心和力量。

笼火

闭上眼睛,从异乡往故乡回想,有味道,有声音,有万千嘈杂的喊叫。当我睁开眼睛时,出现在眼前的是从冬日的茫茫大雪里探出头来的自己。我站在山顶上看着成片的山,眼睛里蹿着一团火苗,火苗在教室里的土炉子上跳跃,那是我好不容易才生起来的火。

那天轮到我值日,头天放学时,前一个值日的同学把钥匙交到我手里。我早上摸黑提前一个小时到了教室,开锁、开灯。牛毛毡、塑料地膜、麦草都是常用的引火材料。先把木柴堆起来,中间留出空当,然后在木柴下面引火,木柴燃起来后把炭堆在木柴上面,炭着了,这火就生成了。把教室里的窗户全部打开,让烟都散掉,等炭完全燃烧后再把窗户关上。烟往往会被屋顶罩起来，烟出不去，教室里便没法坐人。中午放学时要续上煤块，趁着午饭的间隙，烟能排干净。炉子是用砖垒起来的，每年春天要拆掉，冬天再垒起来。为了节省燃料，学校会给每个班级发煤粉，由班主任决定是做成蜂窝煤还是煤块。煤块结实，耐燃；蜂窝煤散热好。做煤块和蜂窝煤是我在学校学到的第一门手艺。

这天，无论我怎么引火，火都燃不起来，原因是我带的木材太潮，燃一会儿便熄掉了。失败好几次后，我决定锁了门回家拿干柴火。到家后爷爷正好起床，他跟我一起到教室帮我生火。到了教室门口，锁打不开了，因为太旧，锈上了，爷爷说他回去拿点煤油来。我在教室外面等他，他取回煤油后往锁孔里浇了几滴，锁开了。进了教室，爷爷把炉子上的材料全部搬下来，重新垒好，用麦草引燃，再把煤油全部浇上去，火苗蹿了起来，照亮了整个教室，炭随后也烧了起来。爷爷说放放烟就好了，然后说他要回家喝茶去了，喝完茶再买一把新锁送来，还要搬一些干的木头过来，要不然明天笼火的娃娃也遭罪。

冬天，教室每天都要生一堆火，所以每天都有一个人要来笼火，谁知道每天的火都是怎么生起来的，这是我头一次给教室笼火。火生起来，冬天似乎一下子就过去了。

送婚书

三哥结婚那年,需要找一个属虎的小娃子一起送婚书,最后选定了我。

送婚书的日子是在大冬天。那年冬天冷得驴都不肯出圈。三哥的老丈人家在镇上距离我们最远的一个庄子里,那个庄子的沟河里有我们镇的水泥厂,天天炸山。我还没去过那里,但从小就听过那里炸山的声音,每次一响,就有人说是水泥厂又在炸山了,我很想去那个庄子里看炸山。

那天早上出发时,三哥来我家接我,要去的那个庄子是没有汽车的,只能蹬自行车去。父亲帮我把自行车擦干净,母亲给我拿出围巾、手套和大衣,三哥的父亲——

我二伯也来了,叮嘱三哥要看好我,天太冷了,别出意外。路太远,要慢慢走,赶不回来就在他老丈人家住一晚。

我和三哥出发的时候天空阴沉,灰得像撒了水泥,风里夹着潮湿的水汽,感觉马上要下雪。出了庄子,我们在公路上刚骑了一段就被冷空气扎透了身子,双臂冰凉。三哥娶媳妇,当弟弟的得拼尽全力。骑了三个小时我们才进了那个庄子,三哥的媒人也在这个庄子,我们先去了媒人家。三哥给媒人买了一双皮鞋,说了一堆感谢的话,媒人家那天没烧热水,给我们两个洗了苹果,苹果冻成了冰疙瘩,我们两人冻得直发抖,根本吃不了。钻到媒人家的炕上,发现他家白天没烧炕,看来日子也不好过,房间里只有两件家具。我们坐了一会儿,冷得没办法,便提前去三哥的老丈人家。

在他的老丈人家吃过饭后,三哥带我去了庄子的崖边看炸山,"砰"的一声,烟雾腾腾,碎石滚落,也没什么稀奇的,就是声音大而已。

送完婚书,我们往家返,路上碰到一家子人送葬。三哥说:"快躲起来,我们是来办喜事的,路上见了棺材不吉利。"我们便推着自行车躲到了一块地里。

苏庄平时就两件大事:葬礼和婚礼。这两件事只靠一家人是办不了的,办事之前要请一些人来帮忙,简称"劳客",劳客中还要选出一个头头来管理整个流程,叫"总管"。

一个月后,三哥办婚礼,送婚书的小娃子得去"背毡"。背毡就是新人每敬一桌酒席前,小娃子都要先进房间把毡铺在地上,然后再去请新人。

婚礼进行到一半时,我正在堆放粮食的房间里吃饭,几个伯伯叔叔突然都进来了,满脸愁容。当时的我虽然才上小学五年级,但我能从他们的神色中觉察出事情的严重性。二伯说:"彩礼之前没给够,说好了今天补齐。但现在还没补上,娘家人快吃完了,走的时候怕是要闹事。"大伯说:"千万不能让他们搅和了婚事。"二伯说:"亲家要是不同意,我就给他跪下。"大伯、我父亲、五叔、六叔都说:"我们一起给人家跪下,别耽误了孩子的婚礼,谁让我们老苏家欠人家的。"我看到叔伯们的脸上青筋暴起,牙花子咬得死死的。

万幸三哥老丈人家的人最后什么话都没说,笑盈盈地上车回家去了。

三哥的婚礼结束后,一天晚上,叔伯们又在我们家聚集起来,一说起欠人家彩礼的事情,大娘就哭了,她说起了小儿子结婚时彩礼的事情。她的小儿子是我二哥,结婚那年彩礼也没凑够,到处借钱,最后在信用社贷款也贷不了,因为原来的欠款还没有还上,后来找人担保,才通过贷款凑够了彩礼。说完大娘就在一旁抹眼泪,大伯拿着烟斗一直抽,屋子里烟雾笼罩,我听着他们一群人不断发出哀叹,感觉他们遇到这种事比遇到旱灾还发愁。后来又说到大哥娶媳妇时的情形,大概意思也是经历了千难万险。最后他们说我排行老四,下一个就轮到我了。他们一起看向我,我一脸傻痴,假装听不懂他们在说什么,在指望什么。

过了个把月,隔壁银珠的父亲来我家找我父母说话,他说银珠快要结婚了。我正在偏房里写作业,他们在正房里商量好了,银珠结婚时也要让我去送婚书、背毡。

送婚书那天天气很暖和,银珠的老丈人家离得近,步行就能到。太阳正暖,我和银珠的老丈人在正房里看电视剧,银珠和他未过门的新娘子在偏房里说话。银珠的新娘子个子比他还高,长得白净,说话也甜,人还有礼貌,时不时会来正房里给我添水。中午我们吃的长寿面,一直等到下午,他们还是有说不完的话,我等得着急,银珠老丈人说:"你等急了吧?"我摇摇头,他说:"让他们多说说话，你饿了就先吃点东西。"

后来我听说银珠的老丈人只要了一半彩礼，也因为这个，这位老人在我们庄子里获得了美名。银珠结婚那天我请了假，给他背毡。他的新娘子持家有方，他们是我们庄子第一个盖起二层小楼的人家。

打那以后，长辈们每次说起谁的运气好、命好，都会说到银珠。在之后的很长时间里，说到命好的人，我也会想到银珠。

耍故事

每年冬天结束的时候,庄子里总会响起一面鼓的声音。究竟是谁敲的?我总想找到这个人,我喜欢这个人。后来我发现,每年都有一个人会第一个敲响这面鼓,他是庄子里头一个盼着春天到来的人。这个人敲鼓,迎着山敲,敲得昂扬,敲得震天。鼓响了,晚上便有热闹看,这是庄里人默认的一个信号,说明有人请到了镇里的地摊队来耍故事[1]。

地摊队是一些喜欢耍宝的人自行组建的游走表演队,庄子里只要去请,他们就会来耍一晚。他们不收演出费,

---

1 耍故事:又称为耍社火,是西北地区的一种传统民俗文娱活动,多在春节前后进行,集歌舞、戏剧、杂耍等于一体。

临走时在我们准备的礼物桌子上随手拿一瓶酒或一条烟就行。他们有各类节目：耍狮子，眉户戏[1]，跑旱船[2]，唱小曲，跳舞等。进庄子前人们会给他们放一挂鞭炮，找一个大一点的麦场，表演便能开始了。庄子里的人随意来随意走，就像晚饭后去遛一圈那样轻松。

地摊队集合了镇子里最喜欢耍宝的人，他们耍的故事可谓五彩纷呈、荤素掺杂，内容杂而全，接地气，深受庄户人家喜欢。

这一年有点特殊，第一个敲响鼓的人是我的父亲。那天傍晚天空辽阔，晚霞火红，他在我们家门前，站在埝子边上，面对山头，用两条腿把一面鼓夹住，双手抡着鼓槌，堂叔也拿着镲，两人敲了一阵子喜庆的欢迎鼓，接着又来了一阵子上路鼓，然后开始即兴发挥敲散鼓。围观的人渐渐多了起来，没人能拒绝得了快乐。此时整个庄子荡漾着回音，两个人玩着玩着，回到他们小时候去了，开始吵架，一个嫌弃另一个敲得不好，翻旧账、

---

[1] 眉户戏：眉户戏又称"迷胡""曲子""清曲"，广泛流传于陕西、山西、甘肃、宁夏等地。眉户的起源有两说，一说它源出陕西的眉县、户县，因地而得名；一说它源出陕西的华阴、华县，因曲调调悦耳动听而被称为迷人的戏，简称"迷戏"，俗称"迷胡"。

[2] 跑旱船：一种流行于我国北方的民间舞，表演者腰上或肩上架着用秸秆或竹扎成的船形道具，来回舞动。

揭老底,差点打起来。围观的婶婶娘娘们笑得站不直腰,说:"他们两个怎么活着活着又活回去了?"后来又对着我说:"你可别学他们,亏先人了。"

后记

\ 我要写出内心的恐惧
 \   和与之抗衡的力量之源

很多人会在成年后持续不断地做着小时候的一个梦,每次梦境都会都延长一点,再延长一点,一直到年老,才能做完这个梦,走出这个梦。

走出来,就再也不会做这个梦了。

这种梦很多都源于内心的恐惧和担忧,是小时候遇到事情时的无助和无解带来的。

在三十五岁这一年,我走出了三个梦:骑车的梦,考试的梦,寻找父亲的梦。

六年前，我发现自己成了一团乱麻，越缠越紧，还不时出现新的线头。直到某天，我甚至感觉要窒息了，据说窒息前都会挣扎几轮。我挣扎了，用了许多办法。但挣扎有用吗？无非就是让自己感觉还有生命体征而已。真实的自己被谎言、虚华、无序和无数冲动包围了，我必须逃，从自己的心里逃出来一个全新的"我"。

于是我开始整理过往的记忆：一份亲情，一段路途，一件童年往事，一场瓢泼大雨，一次偶遇，一种寂寞……那些记忆的种子开始生根发芽，从纷繁缠乱的枝丫逐渐长成了现在的这一片小树林。

我要写出内心的恐惧和与之抗衡的力量之源。

我时常看到在公交站台上的自己、在黑暗中静坐的自己、在路途中紧闭嘴巴的自己、在火车上抱头的自己、在人潮里张望的自己……谁能望穿自己一生中所有的冬天？谁能偷看到自己一生中所有独自承受的痛苦？这是这本书所要回答的问题。

让时光倒流，把时针往前拨二十年、二十五年、三十年，清除后来的人生经历，把之后的一切都忘记。如此这般，我才能站到那个时间点上平和地讲出这些故事来。

故乡其实仅仅存在于我的记忆中，她在我离开的时候已经不存在了，在现实中已经没有了。

有一年秋收，父亲头天磨好了十二把刃子，用报纸包好后放在塑料袋子里，让我给他们送到地里。在田间小径上，因为贪恋路边风景，我把刃子全部弄丢了，还毫无察觉。面对父亲和母亲站在烈日下的麦地里的那种绝望，我第一次感受到自责这种情绪。我真是该死，一把刃子最便宜也要四块钱，贵的要十块钱，父亲在收麦子前兴致勃勃地磨出来的刃子，就被我那么轻易地、不负责任地弄丢了。在他们的世界里，那十多亩麦地就是天大的事情，而在我当时的世界里似乎没有重要的东西。

我厌恶自己。

那一年，父母亲用割草的镰刀刮了麦子，麦茬散乱，他们的手上都磨出了血泡。不是借不到刃子，而是因为那个时间点对谁都张不开口，也是因为家里太贫穷，秋收前是我们家最穷困的日子。

时间走远，生活就成了故事。生活毫无道理可讲，对后来的人就越发有了故事性，呈现出无法理解的形态。当我说出这些往事的时候，自己也会恍惚，为什么当时的自己是那般的狭小局促。

生命里呼啸而来的成长，就变成了这个样子。

在后来的生活中，我一直试图给自己建立某种秩序，按照秩序去执行、去生活，却发现自己的每根骨头和每一寸肌肉都在抵抗这种秩序。

一直到今年，我给自己造了一座"监狱"，把自己关在里面，开始书写那种泛白的干涸，那种能再次被提起的孤独，书写那种摧枯拉朽、柔肠百结的疼。

我们总归是需要一些回味的，比如疼痛、青涩、莽撞和自罚。

我迷恋光线和味道，能见到记忆中的花朵，花朵能出现希望，希望能把时间变长。

每次拉上窗帘，眼前变得黑暗，我就像去了一个陌生的、呈现混沌状态的地方，有时候很兴奋，有时候很失落。这种黑暗和晚上的不一样，知道它可以被浪费，知道它随时可以结束。

如果光线合适，温度合适，气味恰好也合适，我们总会寻到旧生活，寻回某段早已忘却的日子。日子里的自己，没有重量，没有光芒，心中也没有他人。

我经常为找不到一个准确的词语而关上电脑去睡上一大觉，然后又睡一大觉，到了某个黄昏，那个词语冒出来的时候，已经过去三四天了。这三四天里，我被失败和被抛弃的感觉笼罩，每个深夜都像失恋了一次，疲倦的情绪压着心口，这是一种还未想到死亡，但接近死亡的感觉；是对某件事还有期望；是因心痛而勾勒出的情感，先要有痛，才会明白痛的力量。

某天，我做了一个梦：午后，我去放风筝，风筝从故乡家中的窗户飞出去，飞到了我在北京的住所的后面，我使劲收线，只收回来四件已经洗过的衣服。

时间就这样转瞬即逝，伤口在此处愈合后，又会在另一处开始。把站着的搋倒，把奔跑的放弃，时间合成生活后就成了极其平凡的日子。

每当我一个人在旅途中、在夜深时，总能听到外面细微的风、陌生的车流，还有很多我不明所以但总是连续不断的喊叫，它们常常把我拖进梦中，连接起我那几个长年都连续不断的梦：那段时间，在那个年纪，他每天都需要一个人走一条浓雾笼罩的路……

路

火车、客车、出租车

公交车、村牌

城、县、镇、村

铁路、高速公路、省道
这些
是我的来路
是我的去路

我说我几乎获知了你的故事
你说不太可能，因为你的生命停止过
你说，你就是狡黠，被俘获，随后遗弃宿命
我说，那我带你去看
我的一路前行

这天，我带着一个陌生女孩
回到了村初小的门口
看着星期二下午大雨淹没的教室门口
一群孩子在放纸船
摇曳着，欢闹着
一年后
我们来到镇小学寒假后开学的那天下午
大雪飘扬，我拉着你穿过整个街道
走到街的尽头
雪淹没了通向学校的那条深坡
我们一步一个脚印，踩上去

沉静、远望
蒙蔽了双眼的大山,一片片叠着
转暖了
初中下午放学的操场上
长辫子姑娘和短发女生
在篮球场上嬉笑跑过
我拉着你说
我想象她们是我的女孩
高中公告栏里的诗
我说,你要是早点来
这些都是写给你的

之后,我们奔到了眼前
万千宿命论的产出地——北京
沉浮、悲伤、煎熬、眼泪
积累那么多刺痛
在生命卑微的时候
在老去后
在记忆不牢靠的时候
往前倒叙这一切

2022年9月　北京

万物集

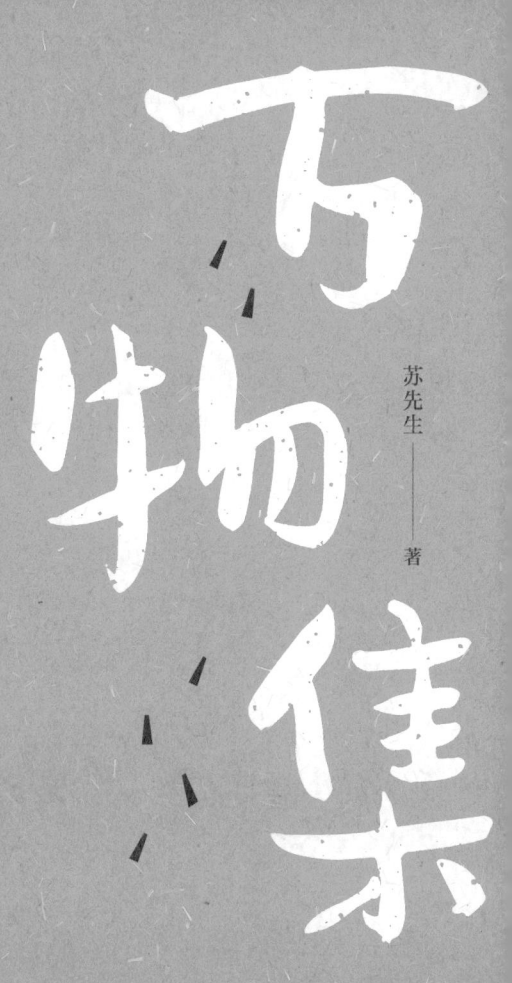

椅子——黄昏——夜云——月亮——老屋——夕阳——芦苇——时间

苏先生 著

椅 子

我经年不移

我眼眉低垂

我干枯如冬

我收光不返

我如成片的高楼不发一语

却蛊惑喧闹

我如静默的赛道蜿蜒成疾

却被他人宣泄不惜

我问进来的人们

嚣张的男人和他的女人

轻蔑的女人和她的身世之谜

我问孩子

我问孤零零的人

一次崭新的就坐 应该做好

多少遗忘的准备

黄 昏

任何短暂都和我没有关系
我是个摆在时间门槛上的女人
这耀眼比长长久久更像刀刃
我本不应向你恳求什么吻
但也常迷惑于那些偶尔的用心
究竟是谁让我如此羞臊
别用那有限的忧愁来形容我

太阳跌入它的奔波后
捎着一瞬间抱怨的昏暗,这调皮的余怒并不可耻
也好,我再一次擦亮大地就卑微了好多
这卑微强挟着令人心动的怜悯
从山中来的模糊,从土岭来的干
我像蜂王一样召唤冷清
是一种准确无误的命令,不作假的

不起眼的楼宇有了着色
没有信号的炊烟在村庄上空出青
被轻视的脸庞终于仰面一映
毫无生机的冰面上有了云彩的孕育
但也别以贩卖美,主张某些确定
还有美的趋向来定义我
一定是归家的某盏车灯先卸下来仰望
那是一种令人崇拜的答案,和真实无关
是每个家庭面临的一场欺骗

再次仰望时,一弯细月泛白
天空像哭过一场的眼睛
明明知道发生过什么,但找不到任何证据

夜 云

没有人抬头去命名

薄、厚都没有影子

无声无息的

白天的删除已经够多了

贪婪的人钻进欢尘里

生命被城市折叠

幽咽的只有流浪者

不是我失去了颜色

是眼睛被收缴了平衡

我短暂停留在被星、月、失意的人用旧的夜空中

久久的失落

我从未有过等待

只是经过,一次又一次

不敢停留,我从来不是重复的我

冬日的夜空,安顺极了

依旧没什么人能分享给我一份寄托

月 亮

必须深掘出一些邪恶来抵抗自己
也必须准备好一些悔恨来挽救亡我
那羁于悬崖上的垂树
连同飞鸟撒在陡坡上的果种
都在各自的生命里摇摇欲坠
你看,你看一下
只要你往前一步,就能看见了
那里有许许多多临近朴素的我
有许许多多站在皱纹上的我
许许多多的我
等待疾风骤雨的结束
不辩一词地结束
这般的誓死之心
只有,只有这样
才可发现,云层路过你的时候
云边会变成金色

也觉知，我是那些云，路过你，被幻彩了一次
我喊，我是悲戚的人
我是苍凉的人，我是从孤勇里撤退的人
我是遥望的，我是卑微的，我是怀着恶意的
我是怒气冲冲的
肯定没有人对你说过污言秽语
你听到的必然是思念、叹息，以及歉意
也没有人责怪你
你在了，来了，就是安宁的，往常的
不在时，怨恨都加给了夜的黑
加给了突变、特殊
这些日子才有据可循，其他日子都凹进了无意义里
也在一年的时日中，有人描述了一些被锤炼的故事
你知道很多不如意的生活吧
如果你是谁的爱人，证明苦难是有缝隙的
美好和善恩都在你的怀里，耳畔亦有人弄语

如果你是谁的妻子，什么也不说
团团圆圆的，又半残削细
谁能把你束之高阁
谁便捆绑了离别
深深的离别，一马平川的离别
戎马倥偬的离别
不含热泪的离别
轻轻的，偷偷抽身的离别
无声无息的离别
隐入人海的离别

老 屋

我在大雪里欢腾,很多年
可这一次,早早就哭了
你为何还停留在路口
不来这里做一个家人

亲爱的,我们视若无睹的命运
就是旧瓦下的光阴
这季节来得太确切,现在只剩下我们
你和我,没有幸福

一个个狂风肆虐的午后
和普通日子里隔壁陌生人的声音
那是所有阴天里最深的灰

我闭上眼睛走进浓郁的曙光
阻断沉默的你

吞下两缕雪花,让心跳能翠绿一些
那还停留在过去岁月中蹉跎的你
迈一步就可以迈过对我的遗忘

路上撑着伞的人
和怀抱浓雾疾驰的火车
与我们一样拥有不绝如缕的日子

每当你在我心口碾过
那是结束的信息
在我不弃的陪伴下
火,烧了你的话语

夕 阳

现在,请把你的手给我
我必须握着它才能申诉这一切
因为你,我的全身
布满了重尘
内心通红而周遭暗淡
使得人们纷纷赞叹时间紧促
因为你,再也没有人喊疼过我一次
我渐渐跌下去
再也没有人能擦亮我
我的名字原本是另一番景致

这辈子如果就这样
你不必怕我掠取你
你为何那般小心翼翼
你无需担心一个中途闯入又消失的人离去
你要知晓

我静默时比在你面前张牙舞爪时更加摄人心魄
那在远方的舞台上的你
对待落叶微风,对待离人
还有晚雪
依旧充满了高贵的耐心

天空在下一个未收获的
起风的夜晚前
我只能干巴巴地等
等温度鲜明一些,等暗回来
等红和黄都腾出空来
我偶尔也苦苦哀求河流
对山峦低头作揖
但我只看到
一只鸽子从冰上掠过时
栽了下去
它便开始舞蹈
磨菜刀的人在风中呼喊
他的磨刀石却已经渴死

芦苇

我看不到更远处的迹象
来到这水域后就不再出走
展枝的时候就选定了一生受敌的方向
然后挺直腰杆
向那个方向伸展头颅
不再有谁能挪移这命运
大地在一年内放牧了雨雪风霜
天空每日每夜妄图交代一些规矩
但生活就是一层一层的剥削
一次一次的感受
是万千个瞬间的美丽和丑
暴戾与祥和
我活在土壤和水的边界
他们有可炫耀的身世
我，我只有一次四季
仅有的一次

高的在夏季就殁了

矮的被其他草类吞下去

活到了秋季也是灾难

成为风景后，就离水和土更近了一点

冬季抽干我的颜色

才到了我最狂妄的时刻

我多么想生下来就苍老成现在的样子

只需待一场更冷的狂风

或者一根火苗

就被轻易地摧毁

时 间

有什么曾经误入,有什么路过
有什么在白天喊出声
有什么通知
有什么死亡
有什么年轻,有什么老去
有什么成为,也有什么坍塌
都抵不上这舒舒服服的黑
此时我一盏灯也不给予
不给予夜空,也不给予路
不给予城市的方向
也不给予人的眼睛

你的每一次探查,提及
风雨剥蚀,凝结寒冷
讳莫如深而不知所向的打问
我皆视为你的波浪中

有一些舍弃不掉的,关于我的水纹
我替你隐瞒起来的夜色和倒影
你偷走的游荡
滞留下的它心之物
绞死之痛

群山和我无关
云朵和我无关
稳固的和流走的都和我无关
高和矮
明亮和暂停,起始和拥堵
高桥和远处
都和我无关
淡,遗落,浅灰,空白
那尖刺的感觉
刮得干净的

曾经的浩荡之心
怀抱之心

哦,只是一个过程,时间
蒙蒙的,走了,像独自打开的门
门里,门外,都空着
就像脚步
就像影子
就像灯
就像楼外的一个人
一个看不出任何职业的人
毫无痕迹的人,漂亮的人